まず、自分を整える
毎日、ふと思う　帆帆子の日記21

浅見帆帆子

まえがき　幻冬舎文庫化に寄せて

いつの間にか20年続いていた日記の本「毎日ふと思う」シリーズが、この度、幻冬舎文庫から刊行されることになりました。それに伴い、また前作から少し時間が空いたこともあって、今作の２０２０年を振り返りたいと思います。

２０２０年の私（今作の私）は全体的に停滞していました。そこから完全に脱却した今（２０２２年）から振り返ると、「この10年で最も気持ちが落ちていた年」と言えると思います。

ですがそれは、２０２０年に発生した新型コロナウイルスによる影響が原因ではありません。むしろ、家にこもる期間は、自宅やオフィスの環境を断捨離し、自分を内観して未来を見つめ直すのに最適な時間でした。可能な限り「こもり時間」を満喫し、コロナによって出てくる様々な分野での新しい形や改革を楽しみにしていたほどです。

私の気持ちが落ちていたのは、その前数年に出来上がっていた「私自身の勝手な思い込み」によるものでした。目の前にある子育ての忙しさを理由に、これまで私のエネルギーの源であった「目に見えない世界への探究」や、それに続く創作の世界から離れてしまったからでした。

「今はこういう時期、忙しいから仕方がない」と思っていましたが、実は逆……子育てが忙しくなったからこそ、自分にエネルギーを注ぐこと（＝自分の好きなことをすること）が必要だったのです。長年、本に書いてきた精神的なこの世の仕組みの探究、その実験とまとめ、これは仕事を超えて私にとってなくてはならないものになっていたのでした。

自分のエネルギーを高めて、まず自分を整えること……。

というわけで、2020年は本来の私ではない動きをしていたことによって気持ちが停滞していましたが、2021年の春頃からだんだんと「本来の私」が戻ってきます。するとそれと比例するように「楽しい劇的な変化」が起き始め、現在に続く「大きなバージョンアップ、ステージアップ！」が起こったのでした。

これを体験した今、つくづく感じるのは、「大きく成長する前には屈んでいる時期がある」ということ。小さく屈む（ちょっと大変な）時期があるからこそ、大きくジャンプできるのです。バージョンアップに向けて、やはり起こることはベストでした。

「起こることはベスト」。これは私の座右の銘ですが、これからも日常生活で実験したこの世の法則をシェアしていきたいと思います。

長年、この日記シリーズを読んでくださっている読者の皆様、担当編集してくださった廣済堂出版のIさん、本当にありがとうございました。

そして新たにお世話になる幻冬舎のSさん、これからもよろしくお願いします。

２０２２年初夏　浅見帆帆子

まず、自分を整える

毎日、ふと思う　帆帆子の日記21

2020年　3月1日（日）

昨晩はいい夢を見た。夫の友人からたくさんの贈り物をいただく夢。木の箱に入ったお赤飯、筍ご飯、ちらし寿司、海鮮もの、珍しいお菓子などがたくさん。「あら、これは並ばないと買えないものよ」と母が言ったりして、「嬉しいねえ」と喜んでいる夢。目が覚めて、「幸せ」と思う。

本来は今日は新潟講演のはずだったけど、先月発生した新型コロナウイルスのために中止となった。コロナ……、思ったより大変なことになりそうだけど、どうなるのだろう。明日からのプリンス（息子、2歳）のプリスクールもお休みで、このまま春休みに入る。1日、家にいる。

3月2日（月）

また面白い夢を見た。超有名俳優と一緒にイルカと泳ぐという、淡い恋愛感も混じった最高の夢。起きて、また幸せな気分。

帆「いい夢が続いているから夢占いを見てみようと思うんだ、絶対にいい夢な気がする」

夫「え？　結果を見てから言ってよ（笑）」

調べたら、贈り物をもらって喜ぶ夢は「思いがけないラッキーなことがやってくる夢」で、イルカの夢もまた「思いがけない幸運がやってくる前兆」だそう。目が覚めたときのあの嬉しい感覚、あれが答えだよね。


先月のインドでの国際会議に参加してから、日本でも毎日瞑想をしている。するといろんな夢を見るようになった。

「そして体調がすこぶるいい！　気分も！」と夫に言ったら、

「帆帆ちゃん、瞑想する前からいつもそうじゃない？（笑）」と言われる。

違うのよね、この圧倒的な流れの良さと爽快感。いろんなパズルのピースが埋まっていく感じ。やはり本場で体感するというのは違うね。「知っている」というのと「腑に落ちる」というのの違い。


さて、朝の9時。スーパー「成城石井」へ。新型コロナウイルスのために全体的に世の中の営業時間が短くなったけど、ここは24時間営業なので助かる。

それにしても、前後2時間ほど営業時間を短くすることに効果があるかな、混む時間帯を減らすということ？　とか思いながら買い物。

帰って、夕方まで仕事。

今月14日の新宿での講演会も延期になった。４００人満席だし、まさに密。

夜は、おしゃれなYちゃんと魅惑のKちゃんに私の誕生日をお祝いしてもらう。パレスホテル東京のフレンチ。

インドの話を一生懸命した。他に、私たち3人でする未来のビジネスの話も。まだ妄想段階なのに、「他の資本が入って拡大し過ぎないようにしないと」とか、みんな真剣に言ってた。

食後に出てきた誕生日ケーキのプレートの名前に「Rie」とある……え？　Yちゃんがお店の人に言ったら、次は名前なしのものが出てきて、「お名前を聞いていない」と言われる。「いやいや、ちゃんと言いましたよ！」とYちゃん、憤慨。そりゃそうだよね。

「聞いていないって、ひどいよね、あんなにちゃんと言ったのに」

「ホテルなのに珍しい」

「絶対にやってはいけないミスだよね」

「これで失敗した後のリカバリーが素晴らしいと印象が上がるんだけどね」

と、かつて超有名ブランドのVIP担当だったKちゃんが言う。

「それにしても、Rieってさぁ、誰よ（笑）」とか言って、今日も笑った。

3月3日（火）

今日から軽井沢。午前中、仕事の雑用を済ませてから準備。

2週間分の着替えの他に、プリンスのストライダー、ヘルメット、絵本10冊、そして忘れてはいけないアイパッド……がない、ない、どこ行った？　と思っていたら、プリンスが自分のカバンに入れて大事に抱えている。

キッチンの掃除をしてお昼前に出発。途中でママ（私の母）をピックアップ。

着いて、初日の夜はいつも通り、「ツルヤ」で買ったお刺身などで私の好きなタイプの夕食。プリンスはまだお刺身を食べられないので鰻。

そう言えば！　今朝、ものすごく嬉しいことがあった。

夢、当たってる!!　ということ。

3月4日（水）

深くぐっすり眠れる軽井沢の朝。

朝食はゆで卵とソーセージとトマト、バターたっぷりのトースト。

インドで受けたアーユルベーダの診断で言われたのだけど、私はトマトは控えた方がいいらしい。確かに私、トマト、すごく量を食べている。

テレビでは毎日コロナのニュースだ。とにかく人混みを避けよう。まぁ、ここでは他の人と触れ合う機会はゼロ。

たまに散歩をはさみながら、存分に仕事ができるって本当に幸せ。

3月5日(木)

起きたら、庭にうっすらと雪が！ いそいそと暖炉に火をつける。

もうすぐファンクラブ「ホホトモ」の新規申し込みの時期だ。早い。1年に2回ある新規受付。ずいぶん長いこと、私はこれによって季節感や1年の移り変わりを感じていた。あとは、毎週月曜配信の「まぐまぐ」と土曜に提出の共同通信のニュースサイトでの連載、これが私の曜日を管理している。

今日のTo Doリストを全部やってもまだ朝の10時！ 信じられない！(嬉)

昨日からプリンスが風邪気味なので、一人で買い物へ。

落ち葉や空がキラキラしている。

途中で目についた看板から、軽井沢にいる「前からゆっくり話したいと思っていた女性」のことを思い出した。夏の軽井沢の集まりで毎年お会いするたびに、「こういうワサワサした場所じゃなくて、ゆっくり二人で話したいな」と前から思っていた人。

早速連絡して、会うことにした。

帰ったら、プリンスが相変わらずバーバ（私の母）の近くにぴったり。

そう、昨日から私はプリンスに遠ざけられている。何をするにも「バーバがいい！」の一点張り。昨晩も、私と一緒に寝てから、夜中にバーバの部屋に走って行ってた。

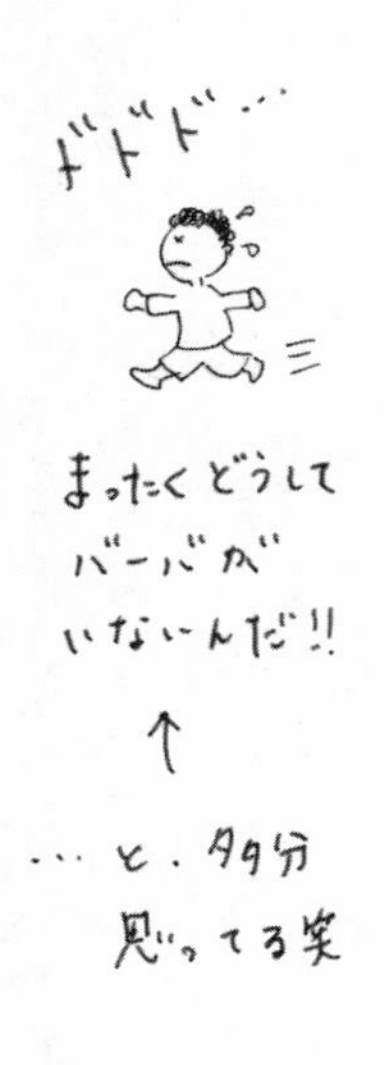

3月6日（金）

バーバのプリンスへの接し方には、日々本当に頭が下がる。一緒に遊ぶだけでも、私にはないきめ細やかさだ。

昨日も、夜中に話し声が聞こえたのでそーっとキッチンをのぞいたら、プリンスが「お腹空いた」とか言っているそばで、バーバがニコニコといちごを洗っていた。

私がなにかしようとすると「ママは向こうに行って！」とか言われるので、今は見守るしかない。

というわけで、昨日も夜中に2回起きたけど、その度にまた印象的な夢を見た。ひとつは、夫と恐ろしく綺麗な夕焼けを見ながら知らない外国人夫婦と楽しく話す夢。次は、運転中に何かがタイヤに挟まっていて走りにくい夢だったけど、助けてくれた人に「これは大したことないよ」と言われる夢。

綺麗な夕焼けは運気上昇の兆しで、車の故障は、体を壊すかもしれない夢らしいけど、助けてくれる人がいたから大したことない、とか書いてあった。

でもまぁ、夢の解釈なんてどうでもいい。

瞑想をしたら夢が鮮やかになって来ている、というそっちの方が重要。

3月7日(土)

今日も朝起きて、すぐに呼吸法と瞑想をする。

呼吸法は昨年、インドに同行したキールさんから教えてもらったんだけど、「呼吸法の最後のあたりは瞑想状態になる」という感じが、瞑想を体験してからわかった。あの気持ちのいい感じ。あれが癖になる。暖かくなったらテラスでやろうっと。

今、新刊を書いている。三笠書房から出る「瞑想的な生活」の本。タイトルは未定。あとは、もうすぐ出る去年の日記。写真のレイアウトのところはエネルギーがいるのでグッと集中して一気にやる。

プリンスの風邪が良くなったので、午後はストライダーに乗って近くの林をグルッとまわる。別荘地の林の奥の方まで進もうとしたら、ママが
「熊が出るからそれ以上行かないでーーー！！！」
と後ろからものすごく大きな声で叫んできた。聞こえないと思ったのか。
母「ちょっと！　クマよ！！　クマッ！！　クマよーーーー！！！」

3月8日（日）

雨が降っている肌寒い日。

午後、前から話したかった女性とカフェで会う。

やっぱり素敵な人だった。幼少の頃から留学していたお子さんの話も面白い。ホント、人生というのは何がきっかけになるかわからないよね。思わぬ厄介なことがきっかけで海外に行くと決めた、ということは、その「思わぬこと」は起きてくれて良かったということだ。

この「起こることはベスト」というのは、私がずーっと本に書いているテーマのようなものだけど、実体験は本当に説得力がある。なんでもありという強い気持ちにさせられる話だった。

それと、母の愛は偉大だね〜。母親が子供のために必死になった時の熱意は誰にも止められない。氷をも溶かす。

そのカフェでプリンスと約束していたクッキーを買って、家まで送っていただく。

はぁ、外が寒いと家の中が暖かく幸せ。暖炉は癒し。

今日のカフェを見て思ったのだけど、このリビングのダダーンと広いスペースの真ん中に、大きなテーブルを置いたらどうかな。上に溢（あふ）れるようなデコレーションをして。

「いいわねーー」「でしょ？　でしょ？」と早速ママさんと盛り上がる。

3月9日（月）

信じられないことに、今朝起きたら、声がまったく出なくなっていた。まったくだ、かすれ声すら出ない……びっくり。

昨日から鼻がつまって寝苦しく、口呼吸をして寝たからだと思う。部屋もひどく乾燥していたし。

ものすごく苦しい。今日は静かに過ごそう。

コロナの状況は日毎に変わる。数日前にテレビで見た順天堂大学のH教授の説明が最もわかりやすかった。PCR検査というのは、もともとの正確性が50％から70％くらいなんだって。だから陰性になっても半分は間違っているかもしれない。それを「陰性」と思って外を出歩いていて実は陽性なので人に感染させている、というケースがたくさんあるはずだという。だから検査を受けようが受けまいが、体調不良を感じたら休むということ。そして日本の医療をもってすれば重症化してもほとんどは治る、とおっしゃっていた。

同感。特に、「検査を受けようと受けまいと体調が悪かったら休む」という部分。それが本来の過ごし方だと思う。

昨日会った女性から連絡があって、今晩、家族も一緒にディナーに誘ってくださった。でもこの声では何も話せないので断念。あまりに残念だったので、LINEではなく声を振り絞って電話する。

あぁ、もう……この声が出ないって本当に苦しい。実は何年か前に、これのもっとひどい状態を体験したことがある。その時私はあることに突き進んでいて、でもそれはどう考えてもやめた方が良いことで（と今ならわかるけど）、でも当時は止めることはできない流れで……声が出なくなったことも含めて、そっちに進もうとすると、そういう「おかしなこと」がよく起こっていたな。なんてことを思い出す。ちょっぴり切なくなるような、いろんな思いが交錯するあの出来事、私の歴史。

あれを思い出しても感じるけど、「あれはなかった方が良かった」ということってひとつもない。その最中は落ち込んだり悲しかったりしたこともあったけど、それがきっかけで、その後に素晴らしい展開をしたことばかり。ひとつひとつ、そうやって自分を修正、改善、進化させてくれる一要素。

なんてことを、声も出ないので本日3回目のお風呂に入りながら、つらつら思う。

3月11日（水）

今日は東日本大震災の日だ。あれから9年。9年って、小学校6年生が大学卒業近くになっているということだ。ときが経ったからこそ、逆に強まる思いもあるだろう。

私もこの9年は色々と変化があった。結婚して子供が生まれたし、ファンクラブや「アミリ」や「まぐまぐ」や「引き寄せを体験する学校」の運営も始めた。

特にファンクラブについては、毎年どんどん変化していくのが不思議。これは読者（会員）さんの集合無意識が、私やスタッフをそのように動かしているのだろう、とか思っちゃう。今年はファンクラブ内で呼吸法や瞑想を紹介できるのがすごく楽しみ。

さて、今、東京。予定を早めて帰ってきました。

あのまま軽井沢にいると、声の治りが遅そうな気がしたので。

さっき戻ってすぐに耳鼻科を予約した。それから洗濯機を2回まわして、夜はステーキにする予定。それと蒸し野菜をたくさん作ろうっと。

3月12日（木）

10時に耳鼻科へ。ここは前回の同じような症状（もう少し軽かったけど）になったときに、処方された薬がすごく効いたクリニックだ。

前回と同じ数種類の薬の他に、声を復活させやすくするという漢方も処方される。

今日はあったかい。道端の小さな桜の枝が、もう満開。

今年の1月末に、アカシックレコードに記録されているという私の前世を見てもらった。そのデータによると、3月17日は私の富や成功、ポジティブなエネルギーや前向きな活力などがものすごく上がる日、とされている。今年1年の中で一番くらい。

何をしようか……。本当はこの時期に、今書いている新刊が発売予定だったのだけど変更になったので、代わりのこと、何かやろう。

夕食後、4種類の薬をきちんと飲む。まだ声は出ない。でも、これでもう治るということがわかった今、心は穏やか。

3月13日（金）

週末は家にこもろうと思っているので、デパ地下へ買い出し。

声が出ないので、お店の人がケースのこちら側まで出てきて一生懸命に聞き取ろうとしてくれた。おかしいのは、こっちの声が出ないと向こうの人たちもみんなささやき声になるところ。

それにしても、発言しなくなるというのは、余計なことを言わなくなるということだ。

無駄口が減る。そして周りの状況をよく観察するようになる。

コロナがひどくなってきてから、夫を仕事先まで送ることが増えたのだけど、今朝の車の中で、突然夫から面白い提案をされた。

「何それ？　どしたの、急に」と思ったけど、聞いたらすごくワクワクしてきたので、その提案に乗ってみることにした。

それはたとえて言うなら……前から海外（のある場所）に住みたいと思っていたとする。でも現実的な話ではなかったので、中断させていた。それが突然「来月からそこに移住することになったから、シミュレーションしようよ」と言われたような感じに近い。前から楽しく妄想していたことが、急に降って湧いてきた感じ。

わーい、嬉しい。そして思い立つと行動の早い私は、早速それに関係ある各所へ連絡。

3月14日（土）

今日も雨。肌寒い。こもるにはピッタリ。

コーヒーが美味しい。仕事する。

新刊を書いていて、飽きてきたのでアメブロを更新。このアメブロ、ほぼ毎日書いているけど……どうなんだろう。今後ずっとは続けられない気がする。まぁ、ワクワク感がこれ以上無くなったらやめよう。

「ママーー」とプリンスがかわいく呼ぶので行ってみると、自分のベッドの上にぬいぐるみを一列に並べ、自分が端っこに座ってご満悦。

フーッ……次に共同通信の原稿。

プリンスがそのままお昼寝に入ったので、私も瞑想する。

終わってしばらくしたら、いいことが浮かんだ。

瞑想って、別に「新しい何かやアイディアを思いつくため」にするものではない。ただ、呼吸以外は何もしないことによって、結果的に自分の意識が「今ここ」に集中され、その結果、思い煩うことが減る。だって、目の前の「今ここ」に悩みはないもんね。悩みっていうのは、過去か未来に意識を向けて考えたから出てくることだもの。

3月15日（日）

午前中にママが来たので、みんなでピザを食べながら、夫からのサプライズな提案の話をする。みんな、かなり気持ちが「実行」に傾いている。

「どう思う？」とプリンスにも聞いたら、「いーー！ と思うよっ！」と、いつものプリンス節で言ってくれた。「いーー！ と思うよっ！」

夕方のシャンパン、最高。光が綺麗。「シャンパン色」という色が存在するのがよくわかる。夫が常備してくれているシャンパンは、決して高級なラベルではないのだけど、私好みで美味しい。

そうだ、エネルギーの高いという17日にやることが浮かんだ。

3月16日（月）

早朝に目が覚める。

再びじっくりと、あの提案についてシミュレーションした。

すると、はじめは見えていなかった「気になるデメリット」も浮かんできた。やめる決定打ではないけど、「気になること」がいくつか集まれば大きくなる。でももちろんメリットもあるので、実行に踏み切るかどうするか……。

ん？　待てよ……。そこで新しいアイディアが浮かんだ。

え？　それってもしかして、すごくいいんじゃない？

ちょうど起きてきた夫に、その新しい形を話してみる。

「……いいよ。というか、それ、僕かなり前から言ってることじゃない？」

……そうなのだ。夫は数年前から「それ」を言っていた。でもあのときは、「それ」は私にとって全くトンチンカンというか、適当に言っているように感じられて、ちっともピンと来なかったので却下していたんだよね。

でも今は、考えれば考えるほど、「それ」がベストな気がする。


きゃあ、すごくいい！　どうして今までこれを思いつかなかったんだろう。

「だから、僕は言ってたジャン」と言われながら、今日も夫を車で送る。

急に「至福の波」がやって来た。たまにやって来る、この幸せな感覚。

全身が泡立って、フワンと浮かぶ感じ。これは、「そっちに進んで正解！」というサインだろう。

「震えるほど幸せ」と言ったら、笑ってた。

3月17日（火）

昨日の新しい計画を実行するに先立ち、まずは断捨離をすることにした。せっかく今、家での時間があるので徹底的にやろう。まずは私のオフィスから。

今日は私にとってすごくエネルギーのいい日。こんな日に断捨離だなんて、いい。

夜は、インドに行ったメンバーと私の母と友人の5人で、キールさん（私のインド会議への道を拓いてくれた人）から瞑想プログラムのフォローアップを受ける。

そこでキールさんから聞いたのだけど、インドでのプログラムに「Silence（沈黙）」というものがあるらしい。決められた期間、声を出さない、喋らない、電話もネットもテレビも遠ざけて、本などの活字も見ないというプログラム。

その結果、ものすごく感性が高まるという。余計な情報や声を遠ざけることによって、全ての感覚が鋭敏になる。……わかる……私もこの数日間、全く声が出なかったことによって、その一部を体験した。

声が出せないと、まず、その場をよく観察するようになる。すると、相手の動きがわかってくる。例えば、「あの人、今話し出そうとしたけど隣の人が遮ったな」とか「ホントは違うことを言おうとしたんじゃないかな」というような、普段見えない微細な動きが見えてくる。

普段いかに「余計なこと」を喋っていたかも感じる。そんなこと言わなくていいよね、という軽口や社交辞令、その場での適当な言葉のやりとり……言葉の重みも感じた。

そして静かにしていることで、逆に自分に必要な情報を受け取れるようになる。それが心に入ってきた時の「ハッ」とする感覚に気づけるようになる。本当はたくさんあった「それ」に敏感になれる。

3月18日（水）

やっと、声が出るようになってきた。ちょうど薬が終わる今日になって……感心。

コロナになってから会っていない父に電話。まぁまぁ近くにいるけど、「一歩も出ない」と言っているのでプリンスを連れていくことも控えている。パパはとにかく「健康のためなら死んでもいい」というほど健康オタクというか……なので、心配はしていない。しっかりと考えて対処しているはず。

3月20日（金）

桜の見えるレストランへ朝食を食べに行く。

終わって散策。葉桜になっているものも多い。

断捨離の波がついに自宅へやって来た。まずトランクルームの中を整理。

こういう時の私の現場力って素晴らしい。何をどんな風に進めたら効率がいいか、とか、あれとこれを全部しまうには……というような段取り。

しかし……これは一体なにを思ってとっておいたんだろう、という謎の段ボール箱がいくつもある。これ、ゴミ？

「でもきっと、当時はこれが大事だったんだよね……」

「人って面白いね……」

とか夫と話しながら、謎の物がつまった段ボール箱を、一応、部屋に運ぶ。

3月21日（土）

今は、美味しいものを買ってきたり、手のこんだ料理を作ったりして家でゆっくり過ごすのが楽しい。時間が無限にある感じ。夜が永遠に続くような。落ち着いて片付けもできるし、いろんなことの整理ができる。時間ができたらやろうと思ってリストにしておいたことを、ひとつひとつ片付けて。

リビングの模様替えをした。断捨離の延長で思いついたこと。

3月22日（日）

朝起きて、リビングに入って来て「おーーーー！」と思う。模様替えをしたら、プチ引っ越しをしたかのように新鮮。素敵になった。

オフィスも自宅もこんなに綺麗になって、コロナから始まった断捨離のおかげ。

「いいねーーー」と夫と乾杯したら、コロナビールだった。

今日、出かけたついでに大きな公園に寄ってみたら……人がたくさんで驚く。なにこれ……自粛はほとんどされていないようだ。もうみんな疲れているのかな。ちょっと桜を見てから帰る。

眺めが変わったリビングの窓からの景色を楽しむために、夜もキャンドルの明かりだけで食事にする。写真を撮ったら、ニューヨークのディナータイムのようだ。あの薄暗すぎて、メニューも見にくいニューヨークのレストラン。

3月23日（月）

今日も楽しく断捨離の我が家。今日は写真の整理。

ずいぶん前に出した『だから、本音がいちばん！』という写真がたくさん載っている本を久しぶりに見て、「やっぱりこの頃の若さにはもう戻れないよね」とか思う。なんかこう……やっぱり若いよね。

結局、写真は綺麗に箱に入れ直してしまっただけとなった。

作業しながら「ダウントン・アビー」を見ていたら、シーズン6にすごくいいセリフがあった。

「キミは臆病者だ！　だから人を攻撃するんだ」

その通りだな、と思う。自分が本当の意味で幸せではないと、自分から離れて幸せになっていく人のことを批判したり、ちょっとした間違いを指摘して攻撃したりする……。そういう人が、かつていた。今ならよくわかる。「正義」を振りかざして攻撃していたけど、あの「正義」は臆病者だったあの人の盾、剣だったんだなと。

3月24日（火）

この間の桜が見えるレストランで、キールさんとランチ。

今日は春っぽく、私の苦手なぼーっとした暖かさ。

東京オリンピックの延期が決まった。そうか、そんなことになるか……。

陸上の予選と決勝の8名分のチケットが当たっているのだけど、来年までお預け。

私は最近ようやく、仕事を進める上での「自分に合う居心地のいい形」というのがわかってきた気がする。この「居心地のいい形」というのが、その人にとって「うまくいく方法」だと思う。

これまでもわかっていたけど、ちょいちょいと「あまり好きではないけれどやってみようかな」と手を出して、「やっぱり違った」と再確認する、ということを繰り返してきた。もうそろそろ本当にわかってきた気がする。

違和感のあるものは、うまくいかない。

3月25日（水）

感染者の数がここに来て急増したのは、「2月下旬から3月上旬、リスクが少なく感じられた欧米に渡航していた人たちが戻ってきて、ちょうど2週間が過ぎたあたりが今だから」と、ある記事で読んだ。なるほどね。

政府がもっと早く色々と規制しておけば……と思うけれど、そんなことを今言っても仕方ない。日本の政府が、このような「新しいこと」に対して柔軟に素早く動くことは今後もないと思う。別にコロナに対してだけではなく、全てに対して。そういう体質だから。でもその「はっきりすっぱり決断できない」という逆から見た良さも、今までいたるところにあったわけだから、ひとつの側面だけを見て批判はできないよね。

例えば、台湾でコロナ防御の陣頭指揮を執っているオードリー・タンさんのようなことは絶対にできないだろう。オードリー・タンさんのことを初めてニュースで見たときは感心した。何よりも、ああいう人を指揮官として招き入れている台湾の人事の感性に感心。

コロナの中、今日はとっても久しぶりの人（男性）と会う。普段から人が少ない、小さなカフェで待ち合わせ。

私のインドでの話のあと、その人が、「自分の奥さんと自分との決定的な違い」について話し始めた。

例えば、自分がピアノを弾いているとする。とても気持ちが入ってうまく弾けたな、とか思いながら、その世界に浸っている。つまり、そのピアノは彼にとってとても重要で、そういう感覚を奥さんにも一緒に感じて欲しい、と彼は思っている。

「でさ、そういうときに彼女は家事とかしているわけじゃない？　で、その続きで僕がピアノ弾いているのにパッとテレビとかつけちゃうんだよね」

と言っていた……（笑）。

う〜ん……それは……難しいね（笑）、どちらにとっても。

彼が言っているのは感性のズレで、そういうズレが直るというか、それがズレているという感覚自体、奥さんに伝わることは一生ないと思う。

「どっちが悪いとかいう話じゃなくて、感性の問題だからね」

うん、そう。だからと言って、その感性がぴったり一緒の人と結婚したらうまくいったかというと、それはそれで別の問題が起きたりするから、これくらいで仕方ないのだろう、ということは彼もわかっている。

そういう意味では、結婚は難しい。例えば、私が相手の感性に深く共感し、ときにはらいいけれど、結婚は生活なので。

その美的感覚に感心（驚嘆）する男性の友達がいるけど、「彼と結婚したら面倒くさいだろうな」と思う。感性があり過ぎるから。奥さんはすごく気を使わないといけないと思うし……。それは多分、私にはできない。日々、何かを感じるだけの話をしているならいいけれど、結婚は生活なので。

とか話しながら、巨大なパフェを二人で半分こで食べる。

家にこもるようになってから、満腹中枢が壊れたようで、何を食べてもお腹が空く。

3月26日（木）

今週末の外出自粛が発表された。当然だろう。

以前から音声配信をしたいなと思っていたので、これを機にやってみよう。今、いろんな方法を検討中。

3月27日（金）

仕事で新しいことを思いついて、それを具体的に構築していくときにいつも思うんだけど、アイディアを思いつくのは右脳、それをまとめ上げるのが左脳だ。左脳は、現実的なスケジュールに落とし込むときや段取りを考えるときに使い、それ以外で使うことはほとんどない。

ところで、オフィスの棚にずーっと置きっぱなしになっていた「ココナツオイル」を処分しようと思ってキッチンに流したら……つまった。ディスポーザーを動かしても、全く流れない。はじめに固まっていたオイルを電子レンジで溶かして流したんだけど、それが中で冷えて固まったんだろう。……馬鹿だな、と思う。考えればわかること。

でもちょうど来週、マンションに水道管の掃除が入るというお知らせが来ていた。定期的にやってくる、あれ。タイミングいい。


運動不足なので、断捨離で出てきたブートキャンプのDVDでもやろうか、と思っていたら、「今ブートキャンプがまた流行っているらしい」と聞いた。今はYouTubeで無料映像もあるんだってね。流行って、後から考えると、「一体なんでこんなものが流行ったんだろう」とか思う。

3月28日（土）

昨日、友人からのＬＩＮＥに「慶應病院の医療体制はすでに崩壊しつつある」というようなことが書いてあった。コロナ患者で埋まっている大部屋がいくつかあるという。

早速、友人の病院経営者にＬＩＮＥする。

すると、「こちらはまだ大丈夫だけど、明日は我が身だよ」と返ってきた。人工呼吸器は100台くらいあるけど、人工心肺は数台しかないから、コロナで重症化した人に使っている最中に人工心肺が必要な人がたった2人来たらもう終わり、ということ……うーむ。

引き続き外出自粛の今日。段ボール箱を使って、プリンスに恐竜を作ってあげた。箱に恐竜の頭をつけて、中に入れるように。しばらく喜んで入っていたのに数分で出て、それからは一切見向きもせず。

「こもる」と思うと楽しくなってくるのはなぜだろう。多分私は基本的に「こもる」という種類のことが好きなんだと思う。好きなことを黙々とやりたい。

夫まで、なんとなくウキウキしている。「○○のデリバリー頼もうよ♪」とか言って。

3月29日（日）

今日も3人でヌクヌク家の中。外は雨、冷たい雨。

そんな中、近くの美味しいパン屋さんに出かけた夫。たまたまその2時間だけオープンしていたとかで、私の大好きな食パンを2斤買ってきてくれた。1斤は冷凍しよう。

それから、これも私が大好きなあんパンとフォカッチャも。

あっという間に雨が雪になっている。それを見て、「外、行ってみない？」とかわいくお願いしてくるプリンスに「今、外はみんなが風邪をひいているから、治ってからにしようね」と答える。

「そっかぁ、お外は危ないんだったね」とか言って……いまどきの子は、こんな会話が普通になるのかも。

ファンクラブの中で、皆様からの質問に文章でお答えする「ホホトモQ&A」というコーナーがあるのだけど、そこに来ていた質問にメルマガ内で回答したら、それに対して丁寧な御礼のメールが事務局に来たらしい。

それを読んでホッコリした。外出自粛になって人と会わなくなると、逆に人との心の触れ合いやつながりを大切にしようとする気持ちが増すんじゃないかな。ひとつひとつを丁寧に、って。

それと、「メールだから伝わらない」ということはなくて、メール（タイプされた文字）でも伝わる時は伝わるし、逆に直接会って話していても心が伝わらない人もいる。手段が問題なのではなくて、その人自身の気持ち、そこに向き合うエネルギーの問題だよね。人と会わないということの寂しさばかりをクローズアップして捉える人がたまにいるけど、大事なことはどんな形でも通じる気がする。

それにしてもファンクラブにいる人たちって、みんな本当に「いい人」で、頭が下がる。1000人以上いると全ての人の要望をケアすることはできないけど、そこに向き合う私のエネルギーはいつも一定に高い状態にしようと思う。

まず、自分を整える、ということ。

夕食はビーフストロガノフにしようっと。

3月31日（火）

志村けんさんが亡くなった。改めて、この人は日本のお笑い界の大スターだったんだなと思う。私もよく「8時だョ！全員集合」を見ていたし、その後の「加トちゃん ケンちゃん」も、今思い出しても面白かった。

びっくりしたのは「カ～ラ～ス～、なぜ鳴くの～、カラスの勝手でしょ～」の替え歌も、志村けんさんが始まりだということ！ 知らなかった。私が小学生の頃に歌っていたら、「弟が覚えるからやめてちょうだい」とよく母に言われたものだ。

志村けんさんにとても可愛がられていた、私の友達、大阪のK子ちゃんが、けんさんの名言をまとめたアメブロを書いていたのでじっくり読む。いい言葉がたくさんあった。「常識を破るには常識を知らないといけない」とか、「マンネリで結構。普通の人はマンネリまで行かないじゃない」というあたりも、いいなぁと思う。
　昨日からプリンスは、急に人の「顔」を描き始めた。私が描いた丸に独創的な目鼻口、足と手、耳と髪の毛。バーバと一緒に描き始め、私が戻ってからも「もっと描きたい」と言って昨晩は20枚くらい描いた。
　今朝、リビングに貼ったその絵カットがヒラヒラしている。なかなか個性的。こういうのって、大人にはねらって描けない。私が特に気に入っている3枚の写真を撮る。

　オフィスのキッチンだけど、あれから水が流れずに溜まったまま。これが日常的に使っている場所だったら、さぞ不便だっただろう。普通に水が流れること、水が出ること、そういうインフラ的なことって、不都合が起きて初めてありがたみを感じる。それを修理してくださる人たちにも。

4月1日（水）
　今日から4月。こもり生活で1・5キロ太ったので、今日からダイエットしようかなと思う。でも夕食のお楽しみを削るのはつまらないので、まずは朝と昼を少なめに。

政府が1世帯に2枚ずつマスクを配ることにしたという件。それは一体……。こういう提案って、それが出た時点で「やめた方がいい」という反対の意見が内輪でも出ないのだろうか。誰が考えても、滑稽。どうした！

私は、ジーッと内観して自分を深く見つめる時間をたっぷりとると、格段に流れが良くなる。アイディアがひらめきやすくなるし、クリエイティブになって「充実」を感じる。コロナによる外出自粛で、それが深まった。

これからの時代はこんな風に、一人ひとりがゆっくり自分と向き合って、ゆったり過ごし、ゆっくり話し、自分の心の感じ方をひとつひとつ確かめながら進む生き方になるような気がする。

雑多でワサワサしたものを遠ざけると、そこに慣れていただけで、実はそれが好きだったわけではない、とわかることがたくさんある。

平安、内観、静養……今月はそれをテーマに暮らそうっと。

4月2日（木）

延ばし延ばしにしていた、私のパソコンのバージョンアップに、いよいよ取りかからねば。ついに「早くやってくれないとスタッフが困る」というところまで来た。

この最も苦手な部類の作業をするにあたり、まずは、友人から届いた赤福の朔日餅(ついたちもち)を食べて充電する。今月はさくら餅。

今、終わったところ。びっくりするほど簡単に終わった。時間もかからなかったしバグなどもなかった。良かったぁ……。

これを祝って乾杯。

この一ヶ月、ほぼ毎晩飲んでいるけど、毎日1杯だからいいよね。

4月3日（金）

午前中、水道管の掃除の人が来てくれた。

状況を話したら、この人たちの担当である水道管だけではなく、ディスポーザーをつないでいる管のところも掃除してくれた。で、そこは問題なく水が通るので、あとはディスポーザーの問題ということになる。さらに、強力な「汲み取りポンプ」でディスポーザーの上からズコズコと空気を吸って動かしてくれたけど、たまった水に変化はなかった。これはもうディスポーザー修理の人を呼ぶしかない。今日の掃除で直るかと思っていたので、残念。

お昼からプリンスとチーちゃんの家に遊びに行く。チーちゃんの家の広いテラスでストライダーに乗せてもらったプリンス。ワンちゃんとも遊んで満足そう。この家のカメも健在。2月に私がインドに行っている間、チーちゃんの家でカメと遊んだプリンスは、その後、テレビでカメが映っているのを見て、「カメってさぁ……くさいんだよね」とつぶやいていた。

それを思い出したのか、

「大丈夫だよ、今日はキレイに洗ってあるからくさくないよ」と言っているチーちゃん。

パンとシチューを食べながら、「このこもっている間に何か新しいことをしようよ」ということになった。私は断捨離と創作活動。チーちゃんは前からやりたかったあることのお勉強をするんだって。いいね。

次に出る日記のタイトルは「それが好きか、心に聞いてみる」というのになった。表紙は、はじめに私が描いた絵はなんだかしっくり来ないのでやめて、この間プリンスが描いた人の絵を使わせてもらうことにする。

4月4日（土）

「note」というプラットフォームで、音声配信を始めることにした。

昨日から集中して「note」のヘルプを読み、プロフィールを載せたところ。

考えてみると、新しいものをはじめから自分で調べてスタートするのって、初めてなんじゃないかな。「まぐまぐ」にしても共同通信の連載やアメブロ、「引き寄せを体験する学校」にしても、みんな人から提案されたり紹介されたりしたものだ。これだけでも新鮮。

午後、また試行錯誤してプロフィール写真と背景写真を選ぶ。決められたサイズで、自分の見せたい部分を調整するだけのことが、なんと大変なことか。コツコツと。


外出自粛になってから、とても流れがいい。

私は人と会うのも嫌いではないけど、それはファンクラブのホホトモさんとか、私の好きな人とか、本当に心をシェアできる家族や数少ない友人たちのみで、大人数のパーティーや知らない人が多い場所は好きではない……はっきり言おう、嫌いなのだ。そこでの広がりを求めていない、必要としていない。周りの人を観察するだけでいいならいいけど、参加するとそういうわけにもいかない。

外出自粛になってから流れがいいのは、これが原因だと思う。自分の心地良い環境で奥深くに沈めること。

午後、夫とプリンスと一緒に散歩へ。

今朝、プリンスが起きるなり、「家は……もうつまらないね」と言い出したので。

そうね、飽きるよね。同じ景色に、目が疲れる。

普段から人通りの少ない住宅街の裏道を選んで歩く。プリンスは坂道を上ったり下りたりするだけではしゃいでいる。「この白い線の上をはみ出さないように歩く」という子供がみんなやる歩き方で行ったり来たり。途中、工事の作業服姿のおじさん二人が自動販売機の前にいて、線の上を歩いていたプリンスと対面した。

プリンスは「あ、ごめんなさいねー、どうぞどうぞ」とか言って、工事の人たちも笑いながら「どうぞどうぞ、大丈夫ですよーー」なんて返している。

次は、近くの大使館に咲いている桜の花びらを追いかけ始めた。空からどんどん降ってくる。門のドアが開いてアフリカ系（肌の色が黒い）ガードマンが出てきた。プリンスは花びらを追いかけているうちに、ふと目の前のガードマンの足に気付き、そこから上を見上げて顔を見た途端、号泣。黒い肌の人を初めて見たので……ね。

申し訳ない、と思い、「ごめんなさい」ととりあえず謝る。「No problem」と笑っていたけど……アフリカ系の人って、ああいうリアクションをされること、結構あるんだろうな……。プリンスにとっては初めてのことだから仕方ないけど、まさしく、「肌の色で判断した」という興味深いシーンだった。

その後、「世界にはいろんな肌の色の人がいる」という話をゆっくりする。

4月5日（日）

朝食後、今日は夫がプリンスを見てくれるので、オフィスへ行き、まず共同通信の原稿を書く。そしてアメブロを更新。そして再び「note」のヘルプをじっくり読んで、「プレミアム会員」に申し込んだ。

そしてはじめの原稿（テキスト）を更新する。続けて、音声の録音も。

今朝のプリンスとのホッコリした会話。

プ「ねえ、鳥って飛べるじゃない？　どうしてボクたちは飛べないんだろうねぇ……」
私「そうねぇ、飛びたいねぇ」
プ「王様だったら飛べると思う……力があるから」
私「え？（笑）王様は……力があるの？」
プ「そう……あとアンパンマンとか……力がある」
アンパンマンは飛べるし……確かに力はある。子供の感性って宝もの。

昨日も散歩の途中に、桜の花びらがマンホールに吹き溜まっていたのを見て、「これは誰が掃除するのかな……雨かな」とかつぶやいていた。

4月6日（月）

プリスクールの開始がゴールデンウィーク明けまで延びた。

よし、そうとなったら、まとまった時間がないとできない仕事にとりかかろう。

午後、買い出しへ。最近スーパーに行くときは医療用のビニール手袋をしている。でもこれからは大型スーパーやデパ地下に行くのはやめようと思う。「成城石井」くらいのサイズ感がいい。

この数週間ほどで見た映画は、中山美穂の「Love Letter」「サヨナライツカ」、「イヴ・サンローラン」「マノロ・ブラニク」「ラブ・アフェア 年下の彼」「六月燈の三姉妹」「モダン・ラブ」など。何度も見ているものもある。私の好きな映画の共通点は、まず綺麗な女性が出てくること。優雅な生活が出てくること。そしてその人たちだけが共有している繊細な思いが描写されていること、など。

4月7日（火）

ファンクラブのツアーでもお世話になったハワイのマイクさんから、最近のワイキキの動画が送られてきた。

人っ子ひとりいなくて静か……これがあのワイキキだなんて……。

ついに日本も「緊急事態宣言」が出た。

野党は「遅かった」とか言っているけれど、その必要性を感じる前にこれを発令していたら、学校を休校にしたときと同じように「今これをする必要があるのか（ないだろう）」などと批判したと思う。批判することが仕事の一部って……つらいね。

「きんきゅうじたいせんげん」……ゆっくり繰り返すと重々しく感じるけど、私としては一ヶ月前くらいからこもって過ごしているので、生活は変わらない。

前々から「これは一体なんの請求だろう？」と思いながら、少額なのでほうっておいた支払い明細を、これを機にゆっくり調べて整理した。

必要のないものを解約したりプランを変えたり、色々とシンプルになってスッキリする。これまでずいぶん余計なものを支払っていたんだな、と思う。

それで浮いた金額分を、ある団体にまとめて寄付した。

これからは、「やめたい」と思ったときにすぐにやめられないもの、やめる手続きが複雑でわかりにくいものはやらないようにしたい。

4月8日（水）

「note」に、私の部屋のインテリアや「お気に入りのモノ」を見せる「HOHOKOの部屋」という原稿を書くことにした。早速、その写真を撮る。↑続かなかった

今日の東京の感染者数は144人。多いね。↑少ないね（この本が出た2年後の今からすると）

4月9日（木）

今日も住宅街の裏をプリンスと散歩。途中にある、いつも花が綺麗な花壇をゆっくり眺める。今はチューリップが全盛。つぼみの時が一番好き。

これから「ダイジョーブタ」のグッズをいろいろ作る予定。まずはプレゼント用エコバッグのデザイン。

今日、ある場所で車のサイドミラーをぶつけてしまった。スピードを出していたわけでもなく、よく通る走り慣れた道の電信柱に、突然「バーン！」と。

びっくりした。対向車などではなくて本当によかった、とまず思う。

急いで降りたら、ミラーがブラーンとぶら下がっていた。つないでいるのは細いコー

ドのみ。「首の皮一枚でぶら下がっている」という表現が頭をかすめた。

次の瞬間、自分でも驚いたのだけど、私はそのサイドミラーをさっきまでついていた場所に、「ガチャッ！　ガチャッ！　ガチャッッ！」とはめ込んでいた。力でグイグイと。

そんな自分にびっくり、また簡単にくっついたからびっくり。

そして何事もなかったかのように、普通に運転して自宅に戻った。

帰ってきて、とりあえず、透明なガムテープで補強。


夜、夫に話したら、「え？　大丈夫なの？」と言われたので、「私は大丈夫！」と言ったら、「そうじゃなくて、ミラー」と言われた。

ミラーは……ダメでしょ……。完全に元どおりについたわけじゃないし。

「下取り価格、下がったな」とニヤニヤして言われる。

そう、実は2月の半ばくらいから車を買い替える話が出ていたのだけど、これでますます加速するというものだ。

4月10日（金）

そうだ、今こそ！　と、今日からプリンスのトイレトレーニングを始めることにした。

いそいそと「おまる」を出す。

初日の今日は、「トイレ（おまる）に座れた」というだけで良しとした。座れたら私からもらえるシール、それを貼る台紙を、今プリンスはバーバと一生懸命に作っている。

自粛生活になってから、毎日部屋が散らかっている。生活のメリハリがなくなるのでどうしても……。今日も、外に出たのは夕方チーちゃんが竹の子を届けてくれたときだけ。これは良くないと思い、よっこらしょ、と掃除する。

夕食は、そのいただいた竹の子で作った竹の子ご飯と春巻き。昨日の残りの肉じゃが、トマトとブロッコリーのサラダ、キノコ色々のお味噌汁。夕食がどんどんシンプルになっていく。今はもう、珍しいものとか奇をてらったものとか、予約の取れない店などに全く興味がない。まぁ、もともとないけど。

今日の感染者数は１８９人。

4月11日（土）

プリンスのパンツが届いたので、今日からオムツをやめることにした。まずはパンツの感触に慣れてもらおう。

おまるを指して、「ここでするのよ」と言っているそばからすぐに2回漏らした、笑える。はじめのうちは「そろそろかな」というときにサッと座らせるしかない。

この間の「請求内容を見直して、契約や更新ものをシンプルにした」ということから思ったのだけど、これからの時代は「ウソの営業」というのはなくなる気がする。

例えば、最近ではほとんどのサービスについている「今なら安くなるキャンペーン」とか「これに入るとお得」というようなことって、結局、何かを買わせるためにうっすら騙(だま)されているわけだよね。

今回整理したいろんな請求内容も、そんなような「お得なアプリ」とか「なんとかのポイント」が重複していて、一体何がどう得になっているのかもわからない。

これからの時代は、例えばネット上に自分の作品（商品）を出しておいて、宣伝やアピールは必要なく、気に入った人だけが買っていき、必要な人だけに売ることでみんなの生活が成り立つような感じになっていくと思う。

今までは、それを欲しいと思っていなかった人にまで、アピールしたりお得感を出したりして「売ろう」としていたわけだ。それをしなくてはいけなかったのは、利益が上がらず、生活していけなかったからだ。

もうそんなことはしなくていいような……。

本当の意味での需要と供給がバランス良く成り立つ方向へ進んでいると思う。

今日は午前と午後で、夫と交代してプリンスを見ながら仕事をしている。

プリンスは私がオフィスに行くまでに4回お漏らしをしたのに、パパとふたりになったら自分で立っておまるでしたという。なんと……。

夕方、昨日作った竹の子ご飯を実家に届ける。

「あらーーー……」と言われた。

その後に、「……(珍しい)」という心の声がついていたね、あれは。

4月12日(日)

朝7時、プリンスに「シーシ」と言われて起こされたが、気付いたら自分でおまるに座っていた。朝食後、大きい方も事前申告してひとりでできた。これでひとつ、身についたような気がする。よしよし。

トイレができたらご褒美にあげようと買っておいたおもちゃをあげる。「アンパンマンくみたてDIY」。プリンスがテレビを見ながら初めて「これ、欲しいんだけどな」とつぶやいたものだ。

電動のスクリュードライバーでネジを締めて、車を作れるというおもちゃ。とてもよくできている。ネジを緩めることもできるし、車から飛行機になったりもして。

おやつにプリンを作る。断捨離のついでに江國香織さんの本を読み直した。ずっと前に買って読むのを忘れていた『金平糖の降るところ』がとても良かった。続けて『なかなか暮れない夏の夕暮れ』と『去年の雪』……と江國香織ワールド。

プリンスはアンパンマンの車のおもちゃがよっぽど気に入ったらしく、朝から夕方までずーっとやっている。何度も解体して、何度も作り直して、眉間にシワを寄せて。

4月13日（月）

オフィスで、3日ぶりに呼吸法と瞑想をする。

月曜配信の「まぐまぐ」を書く。

コロナになってからいろんな面白い動画が来るけど、今日まわって来たのは傑作。飛行機の窓から（機内から）空の景色を眺めてお酒を飲んでいるところから始まる。しばらくしてカメラを遠目に引くと、その窓がドラム式洗濯機の丸いドアだった、というもの。

「世界をどう見るかは、自分が自分をどう見ているかである」という文章を本で読んだ。以前、「世界はどんなところか？」と聞かれて、「自分の意思で自由に広がっていけるところ」と答えたことがある。

そうか、それが自分に対して思っていることか……。

夫にも聞いてみた。

「あなたにとって、世界とか世の中ってどんなところ？」

「楽しいとこ」

と即答。

4月14日（火）

夫にタクシーに乗ってほしくないので、今日も夕方、迎えに行く。相変わらず、朝は夫を送っている。夜も、できるだけ迎えに行きたいけど、いつも同じ場所ではないので、帰りはなかなか……。

お迎えに行くためにお化粧をしていたら、「ママ、かわいい～」とプリンスに言われる。


今年の初めくらいから（特に3月以降はこもって）いろんな種類の本を読んでいて思うことは、「今のままの自分で完全に良い」ということ。それにつきる。

そして、もっと本来の自分の流れを信頼すること。

だって、その本来の自分の流れは「神」というようなものにつながっているから。

4月15日（水）

新型コロナウイルスを巡る様々なことで、小池都知事と橋下さん（元大阪府知事）の評価は上がったと思う。少なくとも、私の評価は上がった。

この間、橋下さんがテレビで激昂していたシングルマザーの現在の状況、ああいうのが政治家の真の言葉という気がした（幼い子供2人を抱えたシングルマザーが、熱が下がらずに保健所に行ったら、「あなたが今陽性になったら子供たちをあずける場所ありますか？　どうするんですか？」というようなことを怒られるように言われたんだって。それで検査も受けられず、という話）。

一方、何も仕事をしていないような代議士が年間数千万ももらっているようなこの現実。「変えましょうよ、これをきっかけに」と訴えていた橋下さん。こういうことだよね。コロナの役割のひとつとして、これまでのおかしかった体制や無理のあった流れを変える、っていうのがあるんだから。

さらに1・5キロ太った、計3キロ……戻らなそう。

もう太ってもいいということにしようかな。そうすると、体のことを考えないで済むので気楽になる。プリンスもムクムクしてきた。

4月16日（木）

気持ちの良い晴れ。テラスで本を読んだりプリンスとおままごとをしたり。

ヨーロッパに行くたびに一時期よく買っていた大理石の卵、それを山盛りにした器がテラスにいくつかあるんだけど、その卵をひとつひとつ拭くのが、今のプリンスのお気に入り。

最近、医者や病院経営の友人たちとよくLINEしている。医療の現場の話はかなりリアル。自分たちがかかるリスク、それがうつるかもしれない家族のリスク。そこに毎日仕事として行かなくてはいけないなんて……色々な思いが交錯しつつ、頭が下がる。

「慣れだよ」とひとりは言って（書いて）いたけど、まぁ、そうかもね。

コロナや医者とは関係ないけど、最近、「慣れ」ということについて考えることがよくある。どんなに目指していた夢のような環境になったとしても、それが続けば慣れになる。慣れになるとはじめの新鮮さ、ありがたさ、ワクワクした気持ちは薄れる。当たり前になる。「当たり前」というのは実はすごいこと。

4月18日（土）

朝食の後、自宅で仕事。外は雨。

思考がどんどん広がり、自分の中に深く深く入っていく。

プリンスが「ここにいてもいい？」と私の部屋にやって来たので、「本を読むか、お昼寝するならここにいてもいい」ということにした。するとレゴを持って来て静かに遊び始めた。「ボクもお仕事をします」とかつぶやきながら。


それにしても、新しい本を書こうと思っているときやその途中に、それに必要な情報が集まってくる確実さには、いつも本当に驚く。これ以上ないと思うほどの完璧なタイミングと内容の的確さ。これにはいつも全幅の信頼を寄せている。宇宙への信頼。

お昼はたっぷりのバジリコで作るパスタにした。六本木「キャンティ」の、「バジリコが多くて口の中がモサモサするくらいのあれ、食べたいね」と夫と話しながら。

夕方、雨も上がった。ベランダを眺めていたプリンスが「ふきたい」と言い出した。「フキタイ」ってなんだろう、と思っていたら、「拭きたい」だった。雑巾を出してあげたら、テラスのガラスを拭き始めた。「暇だね」とかつぶやきながら。こういう口調、プリンスっていちいち大人っぽいんだよね。もう少し経って、普通におしゃべりするのが楽しみ。

4月19日（日）

今日は快晴。雨によってチリが払われていて、空気の粒がみずみずしくて新鮮。外に出たい衝動を抑えつつ、朝食を作る。鮭を焼いて、ブロッコリーを茹でて、プリプリ卵の卵かけご飯。豆腐と油揚げの味噌汁。納豆。のり。食べてもまだ7時。私とプリンスはまたテラスへ。この狭いテラスもプリンスにとってはパラダイス。レゴを運び出して家を作る。

私は本を読む。

風が気持ちいい。目をつぶると、ハワイ……。

昨日から『悟りの瞬間』という本を読み始めたけど、まったくもって難しい。

4月20日（月）

新型コロナウイルスは、私たちに「柔軟」になることを求めていると思う。

現状に応じてどんどん変わっていくこと。いつも目の前の「今」の状況や今感じることを基準に決めること。それには頭で考えることをやめないとね。

頭で考えることというのは、自分の過去の経験やデータ、周りの常識などを基準に判断することだ。そこからは新しい考えは出てこない。これからの時代は「想定外」のことばかりが起きてくるはずなので、これまでの常識や過去の経験から考えている限り、解決策は出ないと思う。

例えば、今は非常事態（常ではあらずの状態）。ということは、これまでと同じ状況を維持しようとしなくていい。これまでと同じことを維持しなければ！　と思ったり、それができないことを悲しむ必要はなし。それを受け入れて、「それなら、どうしようかな、何をするかな」とした方がずっと楽しいし、拓ける。

4月23日（木）

プリンスがベランダに出ることが増えたので、実家からいくつか植物をもらって来る。アロエとかサボテンなど。
それを大事に抱えて部屋まで運んだプリンス。ベランダに出すときは「なんか、ワクワクするね」とか言っている。

午後、新刊の続きを書く。
これが終わったら、「インド、瞑想の旅」という本を書きたい。↑これは書かなかった

4月24日（金）

アマゾンプライムビデオで最近はまっているのは「大草原の小さな家」。昔ＮＨＫでやっていたのをよく見たものだ。今これを見ると、日々の生活を楽しむ気持ちになれる。

ほぼ毎日アルコールを飲んでいる日々。ほとんどは泡系。シャンパンやスパークリングワインなど。そろそろ控えようかと思うけど、夕食になると一杯飲みたくなるので仕方ない。

「いいよいいよ、今日は特別な日だから」

と毎晩言う夫。

あぁ、でも今日は本当にちょっと特別で、お祝いすることがあるんだった。夕食はステーキ、人参のグラッセ、飴色になるまで炒めた玉ねぎ、シンプルに炒めたマッシュルーム、アスパラ、それからコンソメスープ。スープは馴染みの洋食屋さんからデリバリーしていただいたもの。


プリンスのトイレトレーニングはすっかり定着した。

4月25日（土）
昨晩、プリンスは私と一緒に8時半頃に寝てから突然ムックリと起き上がり、夫と夜中の1時半まで遊んでいたんだって。
夫「最後、僕が眠くなってきたから、そろそろ寝ない？　って聞いてみたら、あのいつもの感じで『寝よっか……』だって」

そんなわけで、朝8時の今、プリンスはまだ寝ている。

今日もいい天気。こんないい天気が続いているので、週末は、公園や行楽地にまたいつもより人が出ているという映像があった。駒沢公園などでも、人がかなり密集して走っている。

どうして非常事態（常あらずの状態）なのに、「いつもと同じトレーニング」を維持しようとするのかな。いつもと同じでなくていいのに。

岡江久美子さんが亡くなった経緯を見ても、とにかく今は外に出ないこと、だと思う。

プリンスがベランダに出たいと言うので、あったかい格好をさせて出す。「ママも」と言うので、私もハーフコートとショールを巻いてベランダで仕事。

夫が「植木に水をあげて」とプリンスにじょうろを渡したら、あっという間にズボンがビチョビチョに。フー。

お昼はお蕎麦（そば）とお芋と芽キャベツの天ぷら。

家にいると、1日中食事を作っている感あり。

「引き寄せを体験する学校」のために「毎月のテーマ」を音声録音するのだけど、今日、自宅で録音していたら、途中でプリンスがそばにやってきて、私のほっぺに顔をくっつけてきたりした。「鼻息とか入っていたら、消してください」というメッセージをつけて担当に送る。

4月27日（月）

うーん、幸せになれない人って、どんな環境でも文句を言ったり状況を勘繰ったりするんだな、と妙に感心する。そしてなんでも人に解決してもらおうと思っている。その状況になったのも自分だよね。だから自分でしか解決はできない。アドバイスをもらうことはできるけど、それを素直に行動に移すのは結局、自分。

あったかくなってきたし、プリンスの部屋をもう一段快適にして、ひとりで気持ちよく寝れるように整えた。その綺麗なベッドで鼻歌を歌いながら、絵本を広げているプリンス。くつろぎタイム。

4月28日（火）

今朝、久しぶりに「朝のささやき」がやって来た。寝ているか起きているかの時間に、心に浮かぶ言葉。今日のそれは「嫌なことはどんどん手放して後ろに流すといいよ」だった。

そうだよね、それをすればいつもとても楽。気になることはどんどん流す。

今日も「大草原の小さな家」を興味深く見る。

最初の、メアリーとローラたちが草原を駆け下りてくるシーンを見て、「ボクもテレビの向こう側に行こうかな」と言っていたプリンス。

すべての仕事の打ち合わせがＺｏｏｍになって、こんなに快適なことはない。素晴らしい！　なぜ今までこれにしなかったのか、と思うほど。

こういう改革が、これからどんどん起こるはず。

4月29日（水）

午前中、実家に行く用事があったので、ついでに弟に頼まれたゴルフバッグを2つ、弟の家に運んであげる。それを実家で車に積んでいるとき、ガレージの前を通った人にジロジロ見られ、まるでこの自粛中の連休にゴルフに行くみたいで嫌だった……。

最近プリンスは、ようやくドラえもんの面白さがわかってきたらしく、最近はドラえもんの映画をよく見ている。ドラえもんはあなどれなくて、私もドラえもんから学んだ知識や大事なことは結構ある。なので、「アンパンマン」やそれに続くアニメなどはうちでは見せなかったけど、ドラえもんは良しということにした。

今日、ドラえもんの誰かの声（声優）が、「しまじろう」に出てくる誰かと同じらしく、「あれ？　今、しまじろうの誰かが出てきたと思うよ」と言っていた。

そしてテレビの後、突然「走ろう」と言い出して家の中を走り回っている。彼なりに運動不足を感じるのか。アレクサに運動会の曲をかけてもらった。

最後は、「ボクを応援して」とか言いながら、倒れるまで走ってた。

この1ヶ月ほど、夜はサラダをたっぷり食べているけど、まだ太り気味。

今日はササミのグリーンサラダと春雨のサラダとミネストローネ、あとシャンパン。

プリンスのプリスクールも6月からに延びたので、これから1ヶ月、どんな風に過ごすか、予定を立てた。

「大草原の小さな家」をもうすぐ全部見終わっちゃう。悲しいと思っていたら、なんとシーズン8まであった。それが今日一番嬉しかったこと。

5月3日（日）

ゴールデンウィークはずっと家。毎日仕事をして本を読むという最高の過ごし方。
昨日作ったフレンチトーストが好評だったので、今日も作った。パンを液体に長時間つけこんでふんわりし過ぎてしまうのはお好みではなく、食パンの形がしっかりと残っているくらいが我が家の好み。

この数日は、ひとつひとつの作業をじっくりと、そこだけ見ながらやることにしている。トイレ掃除のときは、そのことだけを考える。アイロンのときも息子の部屋の片付けをするときも、そのことだけを見つめる……すると楽しくなってくる。

ストライダーを持って近くの公園へ行く。プリンスはニコニコと思いっきり走り回っている。元々大きな頭がヘルメットをかぶってますます大きく……ヘルメットが走っているようだ。

帰ってきてクリスピー・クリーム・ドーナツ12個をウーバーで頼んだ。

あっという間になくなった。

5月5日（火）

家族3人で端午の節句。注文しておいた鯛が届いたので、ちらし寿司を作る。

それぞれに与えられた環境で、今、家にいなくてはいけない子供を楽しませ、日々の生活が少しでも面白くなるように工夫してあげること、それこそ、親の努力。

5月10日（日）

今日もいい朝、幸せ。

自粛生活になってから、幸せを感じるハードルが低くなっていいね。

母の日なので、プリンスが両方のバーバの顔を描いた。

これまでに読んだ様々な本や私自身の感覚と知識を統合すると、やはり死というものはないのだろう、と思う。

残された側には、その喪失感から来る「死」は確かにある。でも死んだ側にしてみると、残された側が想像するような「無」とか「苦」ではなく、本来の場所に戻っていくような感覚なのだろう。

よく、死んだ瞬間に、魂が大本の光のような場所に向かい「そうだった、本当の世界はこっちだったと思い出した」というような体験談を聞くけど、それに対して前よりずっと「そうなんだろうな」と感じられる。つまり、通過点なのだろう。

そう思うと、安心感が広がる。そうであってほしいと思う気持ち。

大事な人が亡くなった後、あの人と今もつながっていると感じられるほど、安心感や嬉しさを覚えることはないだろう。

5月11日（月）

こもり期間中、ネットフリックスとアマゾンプライムビデオにかなり助けられている。エンターテイメントね。癒し、笑いは永遠になくならないよね。むしろ拡大していくはず。

車のことだけど、「帆帆ちゃん、こういうのに乗ったら？」と夫が言ってきた車がある。それは私も候補のひとつだったので、それにしよう。早速ディーラーさんに連絡。

宇宙に望みをオーダーした後は、目の前に起こることをただ受け入れて流すように経験しているだけで実現するんじゃないかな、と思う。私がこれまでに、思いを実現したときって、みんなこれ。

自分が人生で経験したいことはなんでも自由にオーダーしていい。そして後は、もっともっと手放すこと。信頼して任せること。そしてピンと来たことは迅速に動くこと。

5月12日（火）

朝食に、パンケーキを焼く。

続けていろいろ食べて、自己嫌悪……。

瞑想を深めることによって、「本当の自分」とか、ハイヤーセルフというようなものに会ってみたいな、と思う。自分に語りかけてくるという自分。対話するような自分。

「浅見さんはもうそれ、やっていますよ」とかよく言われるけど、そうだろうか？　もっとこう……明らかに違う存在が話しかけてくるようなのがいいんだけど。

なんてことを考えていたら夕方になり、今日もシャンパンを飲みながら夕暮れを眺める。

私の住んでいるエリアは、夕方5時になると「夕焼け小焼け」の音楽が流れるのだけど、それが聞こえてくるのを合図に、「ポンッ」と、毎日。

5月13日（水）

今日も素晴らしい夕暮れ。
お風呂に入ったときのこと。いよいよ、プリンスにあれを聞いてみた。生まれる前の記憶があるかどうか、ということ。アイフォンの録音ボタンをピッと押して。
私「ねえねえ、生まれるとき、ママのお腹にいたでしょ？　その前のこと、覚えてる？お腹の中にいる前のこと」
プリンス「……覚えてまっせーん」
笑った。はじめの数秒の沈黙のとき、これはもしかしたら何かあるかも、なんて期待したけど、全然。しばらく経って、あきらめきれずにもう一度。
私「雲の上からママがいるのを見て、あそこに行こうって思ったこととか、なかった？」
プ「ない」
でもまぁ私は、「それぞれの魂が今回の人生で学ぶことを自分で選んで生まれてくる」というのを信じているので、私は私でいるだけで、この子にとって充分に何かを満たしているのだろう、と思っている。

5月19日（火）

今日受ける予定だった取材について、「ちょっと体調が悪くて微熱がある」と言ったら、「こんなご時世なので延期しましょう」ということになった。

うん、その方がいいと思う。考えてみたら、これが普通だよね。昔は微熱なんて気にしなかったけど。

先日、プリンスの誕生日をお祝いした。

自宅で3人。人数は少なく、気持ちは大きく。

今、プリンスの大好きな「おさるのジョージ」のケーキを注文しておいて、あとは焼き豚とちらし寿司を作って、小山薫堂さんの会員制レストランから頂いたコロッケを揚げる。が、私が揚げ方を失敗してグチャッとなった。指示通りにやったんだけどな……。

お祝いのバルーンも届き、3人で大きく乾杯していろいろお喋りする。

キャンドルに火をつけてハッピーバースデーを歌った後、プリンスは「ワォ、ジョージ！」と叫んで、ジョージのチョコレートの飾りをおもむろに手に取るとパクッとかじった。へ〜。私は小さいとき、大好きなものは最後までとっておく派だったけどな。

ジージたちから届いているプレゼントを開けたりしてから、3人で順番に歌を歌う。夫が選ぶ歌は、昭和まっしぐら。

「ずーいずーいずっころばーし、ごまみそずい♪」から始まったときはさすがに固まる。

「それ何？」とプリンスに言われて、「そうだよねー」と苦笑。

「ずっころばーし、ってなんだろね」とみんなで調べたりした。平和な一日。

5月20日（水）

友人の家に行ったら、そこで「愛の不時着」というドラマを激しく薦められた。

夕食のときに夫に言ったら、「ああ、それね。なんかすごい流行っているあれだよね」と知っている様子。

食後、プリンスが寝てから二人でいそいそと見る。

へぇ、こういうのなんだぁ。北朝鮮をこういう風に表現して大丈夫なのかな、と思うけど、新鮮で面白い。

でも私、韓流ドラマの、ひとつひとつの場面が長い構成がどうも苦手。お酒を飲みながらのシーンとか、友達同士の絡みとか、長すぎてどうも……。

5月23日（土）

ファンクラブ内で毎月していた「ホホトモサロン」を、今日初めて「Ｚｏｏｍ」でやった。

内容がとても密で濃かった。３時間がこんなに短く感じるとは。

リアルに会って食事をしていたときとはまた違う、独特の話の進み方だった。Ｚｏｏｍの方が真面目になるね。物を食べたり写真を撮ったり、隣の人とゴソゴソ話すというような「間合い」がないから。

ポストコロナのこと、これからの未来に必要なこと、子供のこと、夢を形にするステップなど、深まった。

ホホトモさん達と接する時に、私の心に湧いてくるこの信頼感はなんだろう。とても強く、何が起きても大丈夫、という揺るぎない安心感で臨むことができる。今までにたくさんやってきた国内や海外ツアーで、「思ってもいないことが起きたけど、最終的にそれがあってよかった、というすごい流れになった」ということを何度も体験しているからかな。

安心してその時間を楽しもうというモードになるので、いつも楽しみ。

そして終わると清々しい気持ちになる。

5月24日（日）

今日は新しい車を見に行った。

思っていた通りだったので、すぐに決まった。乗っちゃったら、もう……。

夜、新しい車が決まったことに乾杯。

夕食後、プリンスを寝かせてから映画「マイ・インターン」を見る。これ、すごく好きな映画なので、アマゾンプライムビデオで見れるようになって嬉しい。

エンディングの特典映像を見たら、なんと、私が大好きな映画がみんな同じ女性監督の作品であることを知った。この「マイ・インターン」、「ホリデイ」「恋愛適齢期」「恋するベーカリー」など。私は決して映画をたくさん見ている方ではないのに、すごいヒット率。なるほど、女性の監督だったのね……。よっぽど私の好みに合うんだと思う。仕事のできる女性と洗練されたインテリアが出て来るところが特徴。

5月25日（月）

今日はどうしようもなく眠く、朝起きてからもボーッとしている。気圧の谷間なんじゃないかな。外は晴れている。

プリンスを外に連れて行こうと思っていたけど気怠(けだる)いので、午後の仕事まで休むことにして、プリンスが遊ぶそばでくつろぐ。

「ママ、大丈夫？　寝てていいよ、でも10まで数えたら起きてくれる？」など、少しも休めない。そして突然、「もしかして、ママって桃太郎？」とか聞いてきた。


午後、仕事の打ち合わせの後、運動がてら歩いて帰ろうと思っていたのに靴ズレができてタクシーに乗る。3月からタクシーに乗るのはやめていたのだけど、緊急事態宣言も解除されたし、もう乗っていいということにした。

不要不急の外出は引き続き自粛の予定。


今回の車の購入で、深く感じたことがあった。

それは「やはり、その人が思った通りになる」ということ。

私の車を買い換える話が、今年のはじめくらいからあった。何にしようか、と盛り上がる一方、私の中には「まだ十分に走れるし、特に困っていないしね」という気持ちもうっすらあった。「買い換えた方が絶対にいい！　と心から納得できる理由がもうひとつほしいな」なんて思っていたのだ。

するとそれからしばらくして、あのサイドミラーをぶつける事件が起きて、取り換えざるをえなくなった……。「取り換える立派な理由」ができちゃった。

多分、ただ純粋に「新しい車！　楽しみ」と思っていたら、こんな事件は起きなかったかも。宇宙は、こちらの波動、エネルギーと同じものを返してくる。

5月26日（火）

朝、今日も気怠いので、「私の体は健康！　快適！」とつぶやいてみる。

ソファでボーッとしてから、朝食の準備。朝食後、夫が出かけてパソコンを開いたあたりから急に気分が良くなった。

そこから一気に爽やか。頭もクリアー。健康維持のために、私には仕事が必要かも。

さっきうちのスタッフから面白い話を聞いた。

彼女がある会社に電話をしたら、先方がリモート（テレワーク）になったようで、向こう側の遠くに赤ちゃんの声が聞こえたという。その会社は、日本人ならほとんどの人が知っているはずの大会社で、しかも契約上の大事な数字の確認で、「大代表」やお客様サービスセンターの番号などではないのでちょっとびっくりしたらしい。でもすぐにホッコリしたって。

これでいいよね。日本は「家庭を仕事に持ちこんではならない」というような共通認識があったけど、家庭はその人の大事な一部であって、例えば家庭で問題があればそれは仕事のパフォーマンスにも必ず影響する。

なんていうか……託児所や保育所の数を増やすとか、就業時間を短くする、というようなシステムの改革も大事だけど、こういうソフトな部分は個人個人の認識の問題なんだよね。家庭も仕事の一部だし、仕事も家庭の一部で、みんな丸ごと解決しないと。これも、ポストコロナに期待できる自然な変化じゃないかなー。

5月28日（木）

今日、ある媒体の取材を受けたのだけど、取材という名の営業だったと思う。うっすらと、いやかなり騙されている感、あり。「note」でも話したけど、正に「これからの時代に通用しなくなっていく種類の営業」だと思う。

ああ、多分あのときに「この種類のもの」に私が強く意識を向けたから、今回のことを引き寄せたのかもしれない……いや、そうだ、絶対そう。

これからは、「○○は良くない」と思ったら、その非を強調するのではなく、それと真逆の要素を強調しよう、と再確認する。私がよく例に出す、戦争に反対するなら、「戦争反対！」を強調するのではなく「平和賛成！」を意識する、ということ。

終わってから、プリンスと遊ぶ。モヤモヤが癒された。

プリンスは最近、私の言うことをとてもよく聞くようになった気がする。この3ヶ月、私とべったり一緒にいたことが良かったと思う。

5月30日（土）

緊急事態宣言が解除されて最初の週末。でも、特に行動に変わりはなし。

ベランダピクニックが定着してきた。今日も仕事の後、当然のようにベランダにシートを敷いて、食べ物やシャンパンを運ぶ。プリンスも自分の本などを持ってきて。すごく狭いのに。夫はそれを眺めながら室内でくつろいでいる。どう考えてもあっちの方が快適そう。

夜、アマゾンプライムビデオで「夢をかなえるゾウ」を見た。あの本、ドラマになっていたのね。ガネーシャ役は古田新太。この人、好き。プリンスは、古田新太の異様な象の姿を見て、「なにこれ、ぞう？」と言いながら見ていたけど、途中から、言葉遣いなど子供によくないなと思い、プチッと消す。

6月1日（月）

明後日からプリスクールがようやく再開するので、改めて持ち物を確認。持参するものが結構ある。

しかしアマゾンというのは本当に便利ね。今注文して明日届くなんて。他の総合サイトも見るけれど、アマゾンはプライム会員なら送料も無料でわかりやすいし、私は断然アマゾン派。


私の尊敬する人生の先輩方が立ち上げたＮＰＯ法人がある。外出自粛で増加している家庭内の問題、特に貧困家庭の子供たちの食糧不足に焦点を絞って、子供たちに食事を提供する全国の施設に支援金を届ける、というもの。すでに「全国76箇所に各20万円ずつ、合計１５２０万円の支援金を届けた」という報告があった。私も寄付した。

6月3日（水）

プリンスのプリスクール再開……というか、新しい学年になって初めての登園。

去年から一緒のお友達ママとも久しぶりにご挨拶。

「お元気でしたかー？」

「やっとお会いできましたねー」

久しぶりに全身紺色を着たけど、私はこのスタイルとても好き。

思うんだけど、今年の春って花粉症の話題が全然出なかったよね。夫も症状がなかったみたいだし。

結局、そういうことなんじゃない？ 気にしなければ加速しない、ということ。

世の中がだんだんと、『皇(オウ)の時代』の生き方に近づいていると思う（『皇の時代』というのは私が大好きな本で、ファンクラブ含めいろんな場で話していたら、あっという間にアマゾンで1冊1万円以上でしか買えなくなった本）。

その生き方とは、本当に必要な人とだけ交流し、ゆっくりと過ごす時代、ひとりの時間が充実する生活。他人の世界に惑わされず、自分の好きなことに一人一人が邁進できる社会、それをしていても生活が成り立っていく世界。この2ヶ月、自宅にいることで感じた静けさは、その世界の始まりを感じさせた。

6月4日（木）

明け方、3時過ぎに目が覚め、瞑想でもしようとリビングへ。

ベランダへの窓を開けたら信じられないほどの爽やかな空気。しばらく感じていなかった朝の勢い。すごい数の鳥の声。

その声に包まれて瞑想。終わったら「全て良い方へ進んでいる」と感じた。

プリンスの成長を感じられる嬉しいことがあった。やっぱり、自粛中、私とべったりと長い時間を一緒に過ごせたことが良かった気がする。

6月5日（金）

朝、瞑想。

「体に良いことをする」というのは、その瞬間瞬間で「体が気持ちよく感じることをする」ということなんじゃないかな。「これが体に良いらしい」と聞いて頑張ってするのではなく、今、自分の体が感じている「気持ちがいい」をすること。

『毎日、ふと思う19』が発売になった。

「これ、プリンスの絵だよ」と言ったけど、あまりわかっていない様子。

6月7日（日）

朝、チベット体操をしていたら、夫が「久しぶりに○○に行こうよ」と近くのカフェのモーニングを提案してきたので、急いで用意してパッと出発。

いい天気。「東京アラート」が出ているけれど、気をつけながらそろそろプリンスを外に出したいところ。

カフェの中で一番いい角の席を用意してくれていた。

「ボク、たくさん食べて大きくなるからね」とパンケーキをぱくついている。最近のプリンスは「お兄さん扱い」をしてほしいモードで、今日も食事の途中に向かい側の席にベビーチェアが用意され、子供連れの家族が入ってきたのを見て、「やっぱりね、赤ちゃんが来ると思った」とか得意そうにつぶやいていた。

赤ちゃんね……。間違いなく、あの子はあなたより年上。

帰りにも、通りかかったベビーカーの赤ちゃんを見て「小さいねーー」とか(笑)。

6月8日(月)

プリスクールが始まったけど、しばらくは短縮授業なのでお迎えまで家に戻る時間はなく、待っている間、ママ友たちとお茶をしている。この時間が、去年にも増して私にとって癒しの時間。なんて言うか、はじめての一般的な社会勉強。結論の出ない世間話って、新鮮。

8月に出る新刊の初校ゲラを読む。久しぶりにものすごく集中した。頭から湯気が出ていたんじゃないかと思うくらい。

そして鼻血を出す。本当に頭に血が上ったのだろう。

6月9日（火）

ようやくタクシーに乗るのを解禁にした。プリンスはどこでもベタベタ触りたい放題に手をついているので、引き続き除菌スプレーを持ち歩くしかない。

「ここにはこういうシールが貼ってあるね」とか「今日はテレビがない車だね」とか、「おじさんはディズニーランドが好きなの？」とミラーにぶら下げてあるミッキーを見て聞いたりしている。

午後はゲラ読み。これを書き始めたときから時間が経っていて、コロナも挟まっているので修正点が多い。丁寧に進めたい。

寝る前、プリンスは「今日もすごくいい日だったね」と毎晩言う。

6月11日（木）

昔のテレビCMで、吉幾三さんが歌っていたハウスメーカーの歌がある。

「♪住みなれた、我が家に、花の香りを添〜えて、リフォーム、しようよ、新日本ハウス〜♪」という歌。

その出だしを夫が歌った。

「ラララララっ♪」

私がすぐに続けて
「我が家に、花の香りを入〜れて〜」

と歌ったら、

「これにすぐ反応できるなんて、やるなぁ」

と言われる。今朝の会話。

新しい車が来た。お店で見たときよりずっと大きく感じる。
車庫に入れてもらい、受け取りのサインをした。
「新しい車になったのよ」とプリンスに伝える。
私「前の車の色は何色だった？」
プ「白……だったよね」
私「それが銀色になったの」
プ「へぇーーーーーーー、どーゆーこと？」

今日は夫にも嬉しいことがあったし、新車も来たので、大きく乾杯。

6月12日(金)

最近、私は毎日本当に良い気分。もう悪い気分の日は永遠に来ないんじゃないか、と思うほど(笑)。

プリンスの世界でのママ友に、ひとり20代のママが増えた。去年は別のクラスで今年から一緒。ちょうど二人目のお子さんを妊娠中だったので、しばらくお祖母(ばあ)様が送迎をされていたのだけど、今日初お目見え。若いというのは、やっぱり体が元気だよね。出産してまだ1ヶ月も経っていないのに、もうすっかり元通りの感じ。お茶の時に聞いた出産にまつわる様々な話も、「それは若いからだよ」「それは若さだよね」とみんなで言う。グループ内では私が最年長。

6月14日(日)

この週末は軽井沢にいた。緑の中でのびのびした気持ちになった。

改めて、私は新型コロナのおかげで本当に生活が切り替わったと思う。

瞑想を味わえるようになったし、そのおかげで流れが良くなった。毎日本当に楽しく、幸せなことが多い。未来に対しても雲ひとつない快晴の気分。

そして「本当の自分」を出すことができるようにもなった気がする。それは、コロナでこもっていた間、自分の居心地良い空間や時間を長く味わっていたからだと思う。苦手な人と会ったり、苦手な場に出かけることも全くなかったし。

誰でも、苦手な人や場では「本当の自分」が出にくい。多かれ少なかれ、その場や人に合わせたり、自分らしくないことをしてしまったりしていて、それが気づかぬうちに疲れの原因になっている。

それが全部なくなって、たまに会うのは本当に好きな人だけ。その安全で安心な居心地の良さに長いこと浸っていたおかげで、本当の自分が自然と出てきたのだと思う。

これは楽、ますます楽になった。別人になったくらいの感覚。これからも、ますます自然体で進みたい。

6月16日（火）

8月に三笠書房から出す新刊だけど、今回はオールカラーで、各章の扉もそれぞれ違う色が入るそう。表紙も、これまでと違う雰囲気にする予定。

プリンスのお弁当が始まるので、新しいお弁当箱や付属品一式を買った。おさるのジョージのお弁当箱、フォークとスプーンのセット、おしぼり入れ、それにお弁当袋。「ワァーイ、ワァーイ」と大喜び。この間私の友人からもらった、ジョージが自転車に乗っているおもちゃと一緒に、枕元に置いて寝ている。「使うときまで、ここにいるんだよ」とか言って。

一昨日の「本当の自分を出す」という話だけど、私程度の変化でもこれほど解放感を感じているのだから、ずーっと殻にこもっていた人や、適応できない嫌な場所に無理やり出ていかされて鬱になったりしていた人たちが、「ひとりでいていい」となったときの解放感はすごいだろうな、と想像する。

ひとりでいい、好きなだけひとりでいていい。

ケースバイケースだとは思うけれど、引きこもっている人たちは、ひとりでいたいのだ。それを、たとえゆっくりでも外に出そうとしたり、まるでそっちが正常であるかのように外とのつながりに戻すことで「治す」とか思っている人たちって……ある意味、傲慢な気がする。そっちの方がいいってどうしてわかるんだろう。単に、今の世の中の形と合わないというだけ。生きてさえいれば、ひとりでいていいと思う。

そうか、ひとりでいたら生きられない、ひとりでは生きていく術を獲得できない、と思うのだろう、家族は。でも、それも今後は変わっていくかもしれないよね。好きなことをコツコツやっていくことで、自立できる社会になると思うし。

室内でコツコツ……いいんじゃない？

6月17日（水）

今朝、目が覚める直前のあの気持ちのいいときに、珍しく肩が痛くて全身がだるかったので、何が原因だろう、と考えてみた。

すると「多分、昨日聞いたあの話が原因だな」と思いついた。それは人の噂話だったので、もう思い出すのはやめた。

チベット体操をしてからお風呂に塩を入れて入る。

午後、久しぶりにヘアサロンへ。馴染みのスタイリストさんも、「これからは本当に会いたい人とだけ会うようになると思う」としみじみ言っていた。

マスクをしながらのサロンは……暑い。

私は、昔、父がハワイがとても好きだったこともあって、幼少期、ハワイの家と日本を行ったり来たりしていた。父は現代で言う、ひとり宣言の育児休暇。

その家は、私が高校生くらいまであったけど、もう売ってしまったので、去年、夫が購入を考えていたのだけど、なんとなくスムーズではなかったので少し様子を見ようということになった。そしたらコロナだ。買わなくて本当によかった、と胸を撫でおろす。スムーズじゃないって、それだけで立派なやめる理由。守られていたんだと思う。

6月19日（金）

三笠書房と打ち合わせ。長年担当してくださっているHさんと、この2年ほどで加わった新しい編集のAさんとデザイナーさん。

表紙について、「おっ、これは……！」とかなりびっくりする意外なものを提案された。でもそこから色々話しているうちに、「キラキラした光のようなものを載せたい」という思いがふと湧いた。そこにすかさず、「天然石？　宝石のような？」と言ったHさんの言葉にピンと来て、中央に「そんなような光るもの」を載せることにした。

まずは、その「光るもの」をいくつか提案してもらうことにする。楽しみ。

6月21日（日）

今日は、日食と新月と夏至が重なるという三百数十年に一度？　の貴重な日らしい。

本当は今日から4日間、ファンクラブの人たちと一緒に「呼吸法セミナー」をするはずだったのだけど、当然ながら延期になった。

アンジャッシュの渡部の事件、知りたくないし興味もないけど連日耳に入ってくる。これはもう病気じゃないだろうか。病気と思った方が楽。奥さんに同情する。でもこんな事件であっても、彼女にとって「こういう点では良かった」と思えることがあるかもしれない。例えば……これによって夫の性癖が直るとか……？ どんなことでも、実際に起こったこと（事実）はいずれ公になるとしても、関わっている人たちの感覚（真実）は、絶対に本人たちにしかわからない。

今日の「Ｚｏｏｍでホホトモサロン」では、家族や親についての話が多かった。「介護は自分が幸せでないとできない」という話や（これには心から納得）、インナーチャイルドとか親に対しての満たされない思いなど。

話を聞いていたら父のことが浮かんだので、終わってからすぐに電話する。どうでもいい話を1時間近く聞いた。でも、途中で大笑いする話もあり、満たされた。

夜は友人カップルがディナーに来る。ここでも話のテーマが家族だった。

6月22日（月）

私の弟夫婦が遊びに来た。プリンスは弟夫婦が大好きなので、嫌いなお風呂も「来る前に早く入ろう」と入っていた、昼間に。だんだんと人の交流が復活。

私も少し購買意欲が出て、洋服など、久しぶりにまとめて買う。

6月23日（火）

新刊の表紙に載せる「キラキラしたもの」について、どうもピッタリとしたものが来ないので、自分で色々と描いてみている。

ラピュタの巨大な飛行石のような絵も描いたけど、いまいち。でも不思議なことに、私と担当のHさんの中で色だけははっきりと決まっている。ブルーだ。透明に強く光るブルーの天然石、それは見えている。そして、その石やタイトルに、青いキラキラした箔を使うことも決まっている。

6月24日（水）

「使命を知りたいのですが、どうやったらわかるものですか？」というご質問がたまにあるけれど、使命って、その人が進んでいくうちに、だんだんと形作られてわかってくるものなんじゃないかな。

「これが私の使命」と常に意識するものではないんじゃないかと……。すべての人に共通する使命は、その人がその人らしく生きて表現することだと思う。人生のサンプル、この世の経験値をひとつ増やすことだと思う。


もうずいぶん長い間、夫のリクエストで夕食にはたっぷりのサラダを出すことにしている。レタスと生のほうれん草やきゅうりをベースに、アボカドとキノコをたっぷりにしたり、ササミを山盛りにしたり。

今日は茗荷（みょうが）と焼きなすを盛る予定。メインは舌平目のムニエル。私なら、このサラダを続けていたらすぐに痩せるのに、夫はちっとも。

6月25日（木）

今朝の早朝のつぶやきは、「夜のお酒をもうやめよう」だった。そうだよね。細いシャンパングラスにたった1杯だけど、毎晩だからね。↑やめられなかった…

新刊の表紙が決まった。私が描いた石の絵をもとにデザイナーさんがぴったりの形を出してきてくれた。いい!!　ブルーの原石のような天然石。

「これ！（決まり！）いいね！」という気持ちになって良かった。

6月26日（金）

久しぶりの年上の友人（ピグミン）とランチへ。

セレクトショップの上にある緑溢れるテラス。

開店前に着いたので写真を撮り合ったのだけど、写真の私はびっくりするほど太っていた。気が沈む。

「これからは航空券がすごく高くなる」という話を聞いた。普通に考えても、これからしばらくエコノミーも座席をあけて座るのであれば、どうしても高くなるよね。

でも、「それでいいと思う」という気持ちもある。

いろいろなことがリセットされ、本来の自然な形に戻っている今、海外だって、そんなに多くの人たちが休みの度に行列を作って出かけるようなものではないと思う。人が移動しなくなったこの3ヶ月弱で、海の環境水準が安全基準を満たしたという話もあるし。それを知ったときはショックだった。

国内にもいいところはたくさんあるし、なにより家の中をもっと快適にもできる。外に探し過ぎ、出て行き過ぎ……。青い鳥は近くにあるよね。

車は好調。毎日声をかけている。今日もよろしく。

6月30日（火）

毎日爽やか。梅雨のうっとうしさは感じない。外へ出れる嬉しさの方が大きい。

久しぶりにやってしまった……出先で、家に財布を忘れてきたことに気づく。プリンスも一緒で、状況的に財布がないと家に帰れないので、仕方なくママさんに電話。迎えに来てもらい、家まで送ってもらう。

あぁ、ママごめんなさい、助かりました。今後気をつけます。

7月1日（水）

と反省したのに、今朝の9時頃、ママさんから怒り気味の電話あり。

「あなたと私の財布が入れ替わってるわ！！！」だって。

私とママさんは、私がデザインした同じ黄色の財布を使っている。

昨日、家に帰って「良かったぁ、やっぱり家にあった」とかやっているときに入れ替わってしまったんだと思う。厚みも汚れ具合も似ているし。

で、今度は私がママさんの出先に駆けつけて実家に送ることに……こんなに早くお返しをすることになろうとは（笑）。

今日は強風、ハワイみたい。1ヶ月の始まりの日なので気分がいい。

家にいるだけで今年が半分終わったけど、最近すごく楽しいので夏休みも振替で短くなるくらいでちょうどいい。

7月2日（木）

今日もまた一段とハワイのような日。

遠くからハワイアンが聞こえてくるなぁ、と起きて寝室を出ると、廊下にコーヒーの香りが漂いシナモンロールの匂いまでする……リビングに入ると、夫がすっかりハワイモードでくつろいでいた。

この爽やかな風はどうだろう、もうハワイに行かなくていいかも、とまた思う。

私「シナモンロールの匂いまでしタァ」

夫「それは妄想だと思うよ」

私「え？　食べてないの？　シナモンロール」

ここまで状況が揃うと、脳は香りまで作り出すのか……。

「夜中に流れ星が落ちたの知ってる？　すごい音で起きちゃったよ」

と、ネットニュースの写真を見せてくれた。

ほんとだ、すごい。私は全く気づかなかった。

朝食を食べてから、「さ、アラモアナに行ってくる（笑）」とか言って仕事に出かけた夫。

ハワイで思い出したけど、さっき知人とLINEをしていて、最後に私が「今日はまたハワイのようですね」と書いたら、その直前までLINE上で話に出ていた人が「今日からまたハワイに行く」という意味だと思ったらしく、

「え？　〇〇さん、またハワイに行くんですか？」

という返信があった（笑）。日本語って難しいなと思う。

それにしても、暑い。昨日は暴風雨で夜中に爆音の流れ星、そして今日は猛暑。空も疲れるだろう。もう今日はオフィスに行かないで、家で仕事しよう。その方がプリンスも嬉しそうだし。

7月5日（日）

「トイレにこんな大きなゴキブリがいた」と夫が言う。

帆「え？　それで、そのまま放置したの？」

「うん、だってトイレの後ろに入っちゃったもん」

帆「え？　じゃあ、まだそこにいるってこと？　なんで捕まえなかったの！！！」

と、危うくゴキブリでケンカしそうになるのをグッとこらえる。

やだぁ、トイレの後ろにいるかもしれないなんてものすごく気持ち悪い。しばらくはここのトイレに行けなさそう。

実は2週間くらい前にとても小さなゴキブリを発見して、ここに引っ越してから一度も見たことがなかったからものすごく驚いたんだけど、あれが大きくなったのかも。

「1匹いたら10匹はいるからね」という夫の言葉にゾッとしながら寝たら、眠りが浅く、4時に起きる。

アマゾンプライムビデオで「対岸の彼女」という映画を見た。夏川結衣って好き。太っても色っぽい。きれいな人を見ていい気持ちになって、さぁ寝よう、となぜか最後にバスルームをのぞいたら、そこにいた!!　ゴキブリ！！！！

ブラシで叩き潰す。

「さっきのゴキブリ、執念で見つけて葬った」と寝ている夫にＬＩＮＥして眠る。

7月6日（月）

子供が生まれてからのこの2年、仕事のペースを落としているけど、これがちょうどいい見直し時期になっている気がする。これからやりたいこと、追求したいこと、情熱を傾けたいこと、本当に望んでいることを見直す作業。それがコロナでさらに深まった。一生のうちでこんなに室内にこもることって、もうないよね。貴重な体験。

さて、ゴキブリ退治用品を一式買いに行って、家中にセットした。いろんな隙間に霧状の薬品も吹き込んだ。シュッシュ。キッチンの隙間や冷蔵庫の裏、ベランダの排水溝などにもシュッシュ。

↓以降、一回も出てきていない

7月7日（火）

プリスクールに大きなたなばたの飾りがあった。「大きくなったら何になりたいですか？」の質問に、プリンスは「木になりたい」と答えたらしく、そんな短冊がかかっている。他にも、「雨だといいなあ」とか「お月様が出ますように」など、プリンスは空にまつわる短冊が多い。

他のお友達の「大きくなったらミッキーになりたい」とか「プリンセスになりたい」とか「野菜をたくさん食べられますように」という親の希望的なものなど、微笑ましく見る。

公的機関から発信されているもの（例えば東京の場合は「区」から送られてくるもの）の中で、法律で定められているわけではないのに、まるで義務かのように強制的な雰囲気の通達やお知らせがたまにある。「これをしないとダメですよ」という感じで。「え？　そうなの？　そんなの任意でしょ？」と思って調べてみると、やっぱり任意。それなのに多くの人が義務だと思って、本当はあまり気が進まないことでも「その通りにした」という人が結構いて、驚く。

例えば子供関係のことでもそう。「これをしてください」とまるでそれをしないと罰せられるかのようなエネルギーで送られて来るけど、調べてみると任意。「だったら、その内容はうちには必要ないのでやめよう」としたことはいくつもある。

公から発信されているものを全面的に信じる人たちって、そこに違和感や疑問があっても仕方なく受け入れることに慣れているのだろう。調べてみると、それ以外の選択肢（しかも簡単な）がたくさんあることがすぐにわかる。

同じことは今回のコロナを巡る動きにも感じられて、例えば国が発表した何かを全面的に信じるのではなく、また同時になんでも疑うのでもなく、現在の自分の環境と感覚から自分で考えて自分たちに必要な行動を取れる人、そういう人たちが結局は生き残ると思う。これからの時代は特にそう。情報過多だから。

上からのものに全面的に従う人たちって、自分の気持ちよりも、強制力の方を優先しているのだろう。またはまわりと同じ行動を取ることによって安心した気持ちになる感覚。「自分はそれをしたくない」と思っているのに、半強制的な雰囲気があり、周りの多くの人がそれに従っているというとき、「本当にそれしか方法はないのか、他の選択肢はないのか」と考えたり工夫したりすることに慣れていない。そう、これって、ある程度は慣れ。

私ははじめに違和感があったら、自分の心が納得するための工夫は惜しみなくする。

7月10日（金）

この間、出先でバッタリ会ったLちゃんと、久しぶりにお茶をしようということになって、今日、友人がやっているカフェの屋上を貸してもらった。貸切。

Lちゃんは、相変わらず期待を裏切らない変わりものっぷりだった。今日も、わけのわからないものすごく不思議なすごい話をしていた（笑）。多分、それらは全て真実なんだろうけど、私はそれを体験していないのでちょっとわからない。でもそのぶっ飛んだ話を聞いているだけで、私のどこかが拓ける。

これくらいの
ぶっとび感がないと
拓かない

夜、夫が今日会っていたという、今をときめくあるブランドのデザイナーの話を聞いた。魚市場で働きながらそのブランドを作った、と本に書いてあったので、私も興味があった人。

夫「僕と似てた」

帆「どういう部分が？（笑）」

夫「怒らないし、焦らない感じ」

帆「それ、真逆だね、私と」

夫「そうね（笑）。朝とかよく怒ってるし焦ってるもんね」

帆「うん（笑）。……でも良かったでしょ？　夫婦が二人で同じ欠点だったら大変だもの」

と言っておく。ついでに聞いた。

帆「私の長所ってなに？」

夫「いつも面白い話があるとこ」

帆「なにそれ」

夫「なんか、いつも面白い話があるじゃない。いつも明るいってことよ」

帆「ふーん……まぁ、暗くはないかもね」

とか、ボソボソと……。

7月11日（土）

朝から仕事について思い浮かんだことを、淡々と進める。手際良く、グングンと。昨日Lちゃんに会って、どこかが拓いたからね。

プリンスとママさんと3人で、コンランショップへ。チーちゃんのお誕生日にリクエストされている写真立てを探しに。

前はここ、他にはないような個性的なものがたくさんあったけど、もう全くなかった。

あとは心当たりのあるアンティークショップをいくつかまわる予定。

そういえば今朝、母が私の車に乗るときに、ナンバープレートを見て声をあげた。

「これって、全部足すと29になるわよね！」と何度も計算している。

昨日見た数秘学の番組によると、29は総合的に最強の数字らしい。電話番号やクレジットカードの下4桁の合計など、会場にいた人たちがみんな試したけど、29という人はなかなかいなかったようだ。それがこんな近くに。

「ああ、もうなんだかすごく嬉しくなってきたわ」とママさん。

その姿を見て、私も盛り上がる。

面白いと思ったのは、この車を買ったとき、自分の好きな番号にすることもできたのに、なんとなくこのままでいいような気がしたので、敢えてそのままの番号を使っていたということ。
「すごくいいって、どのくらい？」と聞いたら、例えば低迷している会社に足して29になる電話番号をつけると上向くくらい、らしい。それはすごいね。一般的に「良い番号」というのは他にもあるけど、「○○だけにいい」と方向性が決まっていたりして、オールマイティに良いのは29なんだって。へぇ……。

↑その後、自宅のFAX番号も下4ケタを足すと29だと判明!!

夜、アサリの砂だしを（抜き）
ジーッと見つめるプリンス

7月12日（日）

今日もハワイを蒸し暑くしたような感じ。
あぁ、いいねえ、いいよーー。

夫は昨日も今日もゴルフ。プリンスとふたりの朝も、気ままで楽しい。ふたりで海に漕ぎ出す楽しいボートに乗っているみたい。

「カイガラ、いた?」とプリンスに聞かれた。しばらくして、「カイガラ（貝殻）、開いた?」ということだと判明。昨日、砂抜きのために冷蔵庫に入れたアサリのこと。

こういうこと、最近よくある。翌朝すぐに、昨日のことを確認されること。

この間Lちゃんにもらったクリスタルの本を読んで、なるほどね、と思う。クリスタルと仲良くなる方法、か。

私もそんなクリスタルがひとつ欲しいなと思って、セドナで買ってきた天然石の棚を開けてみる。中にひとつ、良さそうなのがあったので、塩水できれいに洗って、大切にいつも近くに持ってみようか……。

↓3月と続かず…

7月13日（月）

8月に出る新刊の作業も全て終わり、ポッカリと暇になった日々。

こんなに暇だなんて、仕事を始めてからはじめてじゃないかな。

午前中はプリンスの送り迎えと、そこから続くバタバタとした日常。

九州の豪雨被害の報道には胸が痛い。瓦礫（がれき）や家を片付ける作業の合間にも、また雨が降っているようだ。

どうして川のあんなに近くに介護施設などを建てるのだろう……とか思うけれど、そこにはそれぞれの当時の事情があるのだろう。

災害による被害や心労が少しでも少なく、1日も早く癒されるように祈る。

7月15日（水）

家に帰ってきて、なんだかモヤモヤするなあと思ったら、今日、ある人と話していたときに、相手の話に同調して自分にウソをついていたことが原因だ、と気づいた。世間話で自分に軽いウソをつくくらいはいいけど、ウソをついて大して思っていないネガティブなことを言っちゃったので。

自分の心に正直にならなかったときのモヤモヤって、結局自分への後悔として後からやって来る。

夕方、ママさんがうちに来て、ビーフシチューを仕込んでいった。明日、友人2人の誕生日をお祝いするので、その準備。

我が家のお袋の味。私も久しぶりに食べるので楽しみ。

この2人の友人は、はじめは私の友人だったんだけど、いつの間にかママさんも合流して今じゃ共通になった。タイやセドナやカンボジア、国内にもそれはいろんなところに行った仲間。

7月16日（木）

ビーフシチュー、一晩寝かせてグッとおいしくなった。

他に、バジリコのパスタ（これもママさんのお得意）にエビのガーリックソテー、唐辛子のサラダと焼き野菜のサラダなどを作る。


「久しぶりーーー」

「元気だったーーー？」

とみんな口が止まらない。本当に久しぶりだ。

生まれ変わったかのように新鮮。

食べたり飲んだりして4時間ほど。最後、ケーキを運んだら、「ちょっと帆帆ちゃん！私たち、まだ62歳！」と言われた。63と書かれた大きなキャンドルがのったケーキ……キャー！！！

7月18日（土）

9月にある大阪講演の主催者「朝日カルチャーセンター」から、「講演会をZoomで実施できないか」という打診があったらしい。

私の感覚的に、今は数百人に対してのZoomは気持ちが乗らない。いずれやる時が来ると思うけど、たった今は違う気がするので今回は見送らせていただこう。

7月20日（月）

この2ヶ月ほど、プリンスを同じ時間に送って迎えに行く、という作業をして少し規則正しくなった。こういう「決まった時間割に沿って動く」というのは、私自身が学生のとき以来。

再び、東京のコロナ感染者数が増えている。300名近く。

この「Go To キャンペーン」というの……ツアー会社や宿泊施設が申請して承認されるまで、またも時間がかかる様子。やっぱりね……。

今日も「Zoomでホホトモサロン」。これで毎回エネルギー充電。

エネルギーの交流

7月21日（火）

我が家のリビングからの眺めが、私はとても気に入っている。ちょうどいい抜け感。緑の見え方の量と建物の配置がちょうどいい。

毎朝この部屋に入ってくるたびに幸せな気持ち。

「そのわりには汚いときも多いじゃない？」なんてママさんは言うけど、私は上出来だと思う。なんせ3歳の子供がいるから。

バシャールと山﨑拓巳さんの対談本に、「ネガティブな観念は、ほとんどすべて根拠のない思い込みから来ている」というようなことが書かれていた。

これを読んだだけで気が晴れた。そうだよねー。うん、そうだそうだ、全部思い込み、勘違い、と思おう。

実は最近、6月頃まで感じていた「何をしても幸せ、至福」という感覚が消えている。マイペースに進もう。

プリンスは相変わらずお風呂が好きではないので、入るまでにすったもんだ。今日はそのやりとりをしているうちにコックリコックリし始めたので、入らずに寝かせる。

7月22日（水）

最近、東京は突然の激しい夕立が多い。

今日も、外を歩いていたら突然それが始まったので、近くの大きなビルの車寄せに入って、プリンスと二人で雨宿りをする。そこの続きにコンクリートの広場があり、地面に激しく雨が打ちつけていた。風もあるのでうねうねと雨のカーテンみたい。

……と、突然プリンスがその雨の中に走り出て行った。空に両手を広げ、しばらく顔に雨をあびていたかと思うと、手をゆらゆらさせて踊ったり、走ったり……。周りの大人がみんな見ている。

私は心の中で「おおおおお」と思いながらそれを見ていた。すっごく気持ち良さそう。大人はもう絶対に、あんなことできない、たとえしたくても。

プリンスはひととおり走るとこっちに戻ってきて、満足げに「フーッ」とため息。ずぶ濡れ。

帆「なんでだったの？（なんで走っていったの？）」

プ「楽しそうだったから」

数分後に止んだので、家に帰る。

プリンスは爆睡。私はお茶を淹れて、おやつを食べる。

さっきのことを思い出す。私も、もし他に人がいなかったら、やりたかった……すごく気持ち良さそうだったので。いや、外だといつ人が来るかわからないから、塀に囲まれたプライベートな場所だったらやったかも（できたかも）……。私たちは常に他人の目によって行動が制限されているんだな、と思う。いや正確には、他の人の目を気にする自分の心によって、だ。

あそこに走り出たらどう思われるか、ずぶ濡れになった後どうするか……私は濡れても大丈夫だけど、それを周りに見られたらどうか……やっぱり気にしているのは「人の目」だ。やりたいと思っているのにしないで面白い体験を逃しているということは、他にも色々あるだろう。

夜は、夫の誕生日をお祝いするディナーへ。
「レディキラー」と呼ばれる、このお店の素晴らしく美味しいサングリアを飲む。こういう古き良き美味しい洋食レストラン、大好き。前菜のフォアグラ、牛肉のソテー、定番のグラタン、他にもなんだか忘れたけど美味しいものをいただいて、最後は目の前で作ってくださるクレープシュゼット。
生バンドがハッピーバースデーを演奏してくれた。

「すっごく良かったけど、今はやっぱり家がいいね」
「飲んだ後に帰らなくていいのがいいよね」
「こうしていられるのも、プリンスを見ていてくれるおばあちゃまのおかげ」
「次回はプリンスも一緒に来ようね」
と話す。

7月23日（木）

4連休はずっと家にいていろいろする予定。「これは4連休にやろう」ととっておいた作業がいくつかある。

朝食後、気が向いたので3人で多摩動物公園に行くことにした。

プリンス大喜び。

多摩動物公園に来るのは……私が小学生のとき以来。専用駐車場がないそうだけど、「きっと近くにあるよね」と到着してみたら、駐車場だらけ、駐車場村のようになっていた。

多摩動物公園は広いね。どの動物も檻（おり）がゆったりとしているし、数も多い。キリンも10頭以上いる。ライオンの檻は改修中だったけど、広々した緑の野原が見える。

ここに比べると上野動物園は……だ。痩せ細ったライオンや気怠く寝そべって動かないトラなど、全体的に精気がなかったけどここは伸び伸び。

オランウータンの檻で、夫が息子に「お風呂に入っていないと食べられちゃうかもよ」と言ったら、「こんにちはーーー、○○（自分の名前）だよーー、昨日はお風呂に入っていないけど、くさくないよーーー」と大声で叫び、まわりの笑いをとっていた。

電線を渡って移動するチンパンジーの家族も見れた。

コアラは、木につかまってずーっと寝てたけど、信じられないほどかわいい。ぬいぐるみのよう。あのフワフワの毛並みを抱っこしたい。

ひととおり全部見て、家に帰り、「お疲れ様」と冷えたシャンパンをあける。

大人は大人のメニュー、プリンスはサーモンのガーリックバターソテーと、昨日作っておいたラタトゥイユ。デザートはチーズケーキ。

7月24日（金）
私の大好きな大好きな大物作家のXさんから、メッセンジャーでメッセージをいただいた。
私が日記の新刊を送ったところ、私が先方の名前の字を間違えて書いてしまっていて、それを教えてくれたのだ。私は彼女のペンネームが変わったこと（漢字から平仮名へ）

を知っていたので敢えてそっちを書いたのだけど、それは10年くらい前のことで、今はまた元に戻っていたらしい。ああ、悲しい。好きな人の名前を間違えるなんて、最悪。でもとても優しいXさんだった。「全然大丈夫、ただ、今言わないと後で言いづらくなると思って」なんて言ってくれて。

そして、その後のやりとりで、私の未来についてものすごいことを言ってくださった。まるで占い師のよう。「あなたは将来こうなるでしょう」というような……。

その内容は実に細かく、実に核心をついていて、信憑性（しんぴょうせい）のある表現だった。やっぱりXさんって、相当なにか見えているんだね。Xさんの作品を読んでいればわかるけれど、まさかここまでとは……。

「帆帆子さんの本を読んでいると、その映像が見えて止まらなくなるから間違いないよ」なんて書かれていて、テンションが上がる。

あまりに嬉しく、そのメッセージを夫に何度も朗読する。

7月25日（土）

今朝も、昨日のXさんからのメッセージを思い出してニヤニヤする。

これからは、これを心に思って進もう。消えないようにテキストをコピーして自分にメールした。

緊急事態宣言……
コロナビールで乾杯！

3/22 暗すぎるディナー

3/28 恐竜

4/18
拭きたい時期……

オフィスのサロンに遊びに来たプリンス、
奥で仕事していたら自分で椅子を広げてテレビを……

こもり中、空の美しさに釘付け……
すべて同じ窓から撮った、無修整

こもり中はとにかく(狭い)ベランダのお世話に……
あるときはピクニック
ランラン♪
VIOLETS
私は毎日パソコン持ち出し
暴風雨で出られず、
ブータレ!
あるときは日差しを避け……
レゴも
ここで……

暇なので足形もとる

誕生日も自宅で。いまいちなバルーンたち……

好きなものから
食べるタイプ

5/19 グチャッとなった
例のコロッケ

3ヶ月ぶり？　に友人とランチ、むっちり……

やっと〇〇宣言解除！　プリスクール再開♪

家族で宣言解除の
お祝いディナー

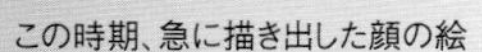

この時期、急に描き出した顔の絵

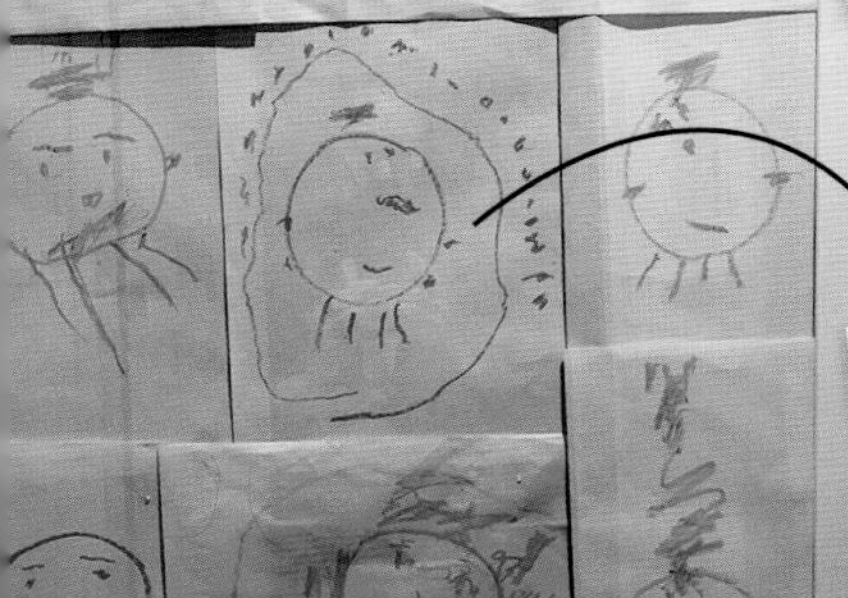

ひとつを本の
表紙に……

久しぶりの彩雲
外に出るといつでもどこでも走ってた
久しぶりの公園が草ボーボーに
「上手に隠れてるでしょ?」
東京にいたけど久しぶりのジージ
7/25 久しぶりの講演会

8/2 果敢にひとりで……性格を見た

軽井沢

9/21 珍しい！

9/29 ただのホテル1泊
なのに、コロナのおかげか
ものすごく楽しく感じた

この時期、数字を覚えて
外の駐車場でよく……汗

10/7 玄関を入った正面の「飾り」

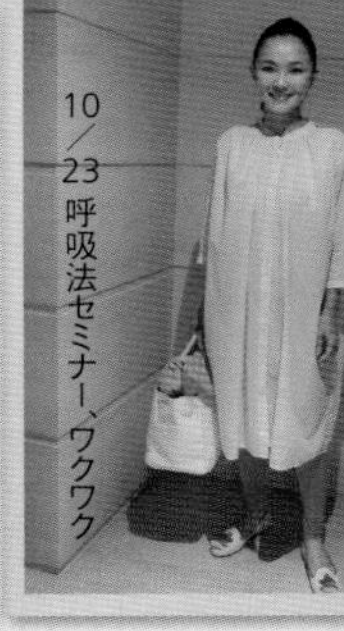
10/23 呼吸法セミナー、ワクワク

ダイジョーブタがQUOカードに

これは太り過ぎなので修整

秋の公園で

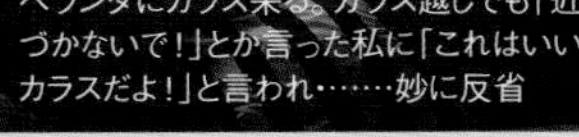
ベランダにカラス来る。ガラス越しでも「近づかないで！」とか言った私に「これはいいカラスだよ！」と言われ……妙に反省

家に来るのを見てか、この頃に流行っていた「お歳暮ごっこ」。箱に詰めて熨斗（みたいなもの）をつけて渡す、という……笑

ハロウィン

10/7
今年のお財布

クリスマス
焼き野菜だけ作る

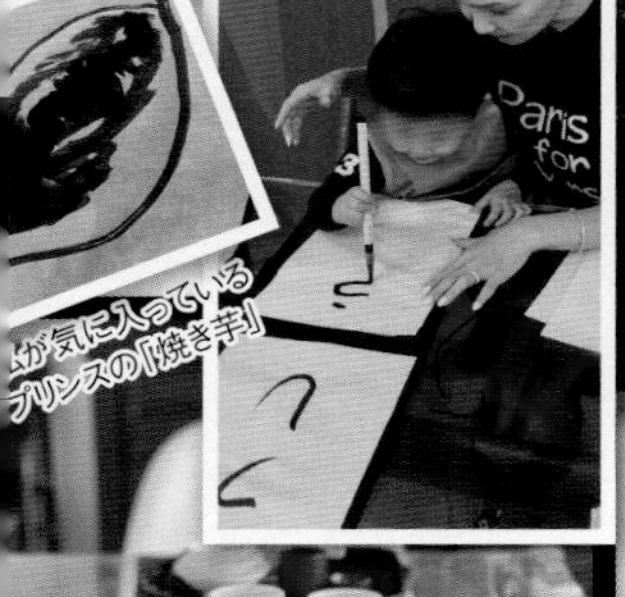

私が気に入っている
プリンスの「焼き芋」

家族でのクリスマスディナー

2021年元旦

みんなの書き初め

1/7

12/9 突然届いたこれ

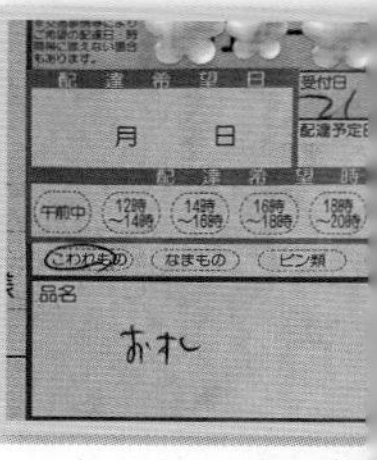

1/2 なんて読めますか?(笑

今冬のベストショット。
私をソリで引っ張るプリンス

気に入っているメガネ
2000円くらい

1/29 44本！

雪が降ったので思いついて
パッと軽井沢へ

3月YouTubeスタ-

5/13 クジラ

5/17 虹

4/1 カーペット

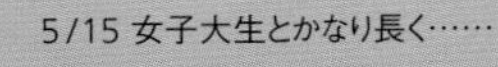

5/15 女子大生とかなり長く……

/15 プリンス作の
うな砂のお城

新緑で染まる

プリンスの靴でお気に入りは捨てられない

6/12 去年買った水着

今日は3月にあるはずだった朝日カルチャーセンターの講演会。はじめに5月に延び、そして今日まで延びた。めぐろパーシモンホールという1200人収容のホールに移動して実施。前後左右に2席ほど空けた指定席に変更となった。

行きのタクシーの中で、土砂降りの雨が降り始める。

すごい雨、ゲリラ豪雨。そんな中、また走り回ってずぶ濡れになったプリンスの動画が夫から送られてきた……なにこれ。その後、近くのお店で食事をしている写真が送られてきた……これ、同じ格好だけど、あのずぶ濡れの状態で入ったのかな……着替えは？　などいろいろ疑問が浮かんだけど、私は自分のことに集中しなくちゃ。

楽屋口に、この講演の長年の担当さんが迎えに来てくださり、久しぶりの挨拶を交わす。これまではただの挨拶だった「お元気でしたか？」を、これほど本気で尋ねるのはアフターコロナならでは。まだアフターじゃないけど、緊急事態宣言が明けたので。

講演会は無事終わった。楽しかったぁ。

これでしばらく、絶対に穴をあけられない予定はひとつもなくなった。

すごい解放感。

7月26日（日）

全てがミニチュアで表現されている「スモールワールズ」というのを見に行った。人数制限がかかっているので静かだった。空港の再現シーンが面白かった。あとは、東京の麻布十番のあたりのミニチュアとか。やっぱり知っている所は楽しい。写真を撮ると、本物の景色と変わらないほどよくできている。

こういうのをずーっと作り続けているのが好きな人も、いるんだよねぇ。

人が、自分の長い人生の結果、「ついにこういうことがわかった（発見した）」と、大発見のように書いていて、それがたまたま自分にとっては「そんなこととっくに知っている」とか「小さな頃から（知らぬまに）実践していた」というようなことだったりすると、「人の人生は、本当にその人だけのものだな」と思う。私が大発見として書いていることも、他の人にとっては「そんなこととっくにやっている」という場合もあるわけだ。

基本的にそれぞれの人生はそれぞれのもの。気づき方も順番もそれぞれの悟りの道。

この10年間のNHK大河ドラマの特集を見た。

ダイエットに対してやる気が出た。綾瀬はるかちゃんが、撮影に入る2ヶ月前からあの細腕で筋トレをしている場面などを見て、スイッチが入る。あの人たちの「体をコントロールする」ことにかけての真剣度合いは素晴らしい。

明日から筋トレと食事制限を一層頑張ろう。まずはコロナの前の状態に戻すために目標を決めて頑張る予定。そう思うととても楽しみ。

7月27日（月）

久しぶりに自分の体に興味が出てきた私は、どんな体操をするか考え始めた。コロナ自粛中に変わってしまった一番のポイントは、腰幅。インナーマッスルが落ちて、腰回りが太った。それと背中。このダブッとしたお肉ちゃん。

YouTubeで見つけた、骨盤を締めるエクササイズをやることにした。正味10分。言葉での説明はなく、テロップで次の運動の説明が簡単に入り、あとはインストラクターの実際の動きだけの映像、というところがいい。ひとつの動作を30秒続け、時間が来ると音が鳴って30秒ほど休憩、次の運動に入るときも音で知らせてくれる。それ以外はBGMだけ。

背中の方もネットで見つけた運動を30回、骨盤の後にやることにした。

ピグミンを囲むいつもの女4人組でランチ。グランドハイアットのフレンチキッチン。

これまで、誰かの誕生日の度に集まっていたけれど、花束やプレゼントを用意するのは今日を最後にもう終わりにしよう、ということになった。プレゼントはともかく、花はね。義務のようになると、重荷になってくるし、いつも同じ人に注文してもらうのも申し訳ない。

ランチは楽しかったけど、全体的にサービスが悪くなっていた。

帰るときに駐車場のチケットをもらおうとしたら、少し裏に引っ込んだ後に「領収書を見せてください」なんて言ってるし。私は他の人たちより少し早く出るから、他の3人はまだ中にいて会計も済んでいない。レストランから出てきたんだから、領収書を見るまでもなく発行するべき。サービス料が入っているホテルなんだから……。

毎晩、プリンスを8時に寝かせることが、翌日の流れの良さにつながる。

子育てって、そういう小さなことの積み重ね。でも仕事もそう。日々の作業は小さなことのコツコツ。だから余計に楽しいことにまつわる作業じゃないと、続かない。先を大きく思い描けない。

7月29日（水）

あっという間に夏休み。

この間、あの私の大好きな作家さんに言われた未来のことを思うと、心がパーッと明るくなる。以前、今後私がやりたいことを「秘密の宝箱計画」と名付けてファンクラブの皆様に話したことがあったけど、あれに限りなく近く、かつ大きくしたような内容だった。ギャオ、嬉しすぎる。

7月30日（木）

コロナ前に比べて、物忘れが多く激しくなった。人の名前なども出てこないし、すごく近い人なのにずっと思い出せなかったりする。昨日食べたものなんて、まず覚えていない、という話を友達にしたら、

「それね、忘れていいんだって」と言われた。

「今を生き始めると、物忘れが激しくなるんだって」と。いいね！

運動は毎日続いている。たった3日でしまってきたような気がする。まだ気のせいだろうけど、その予兆が体内で静かに起きている感じ。

いろんな人の意見を聞いたり読んだりして思うことは、「それもみんな、その人だけ

の世界だよね」ということ。その人がそう思っているなら、その人の世界ではそうなのだろう、ということ。

あなたがそう思えば、そう！

そしてこれは、実は引き寄せの法則の奥義。

8月2日（日）

夏。立川にある昭和記念公園へ行く。

館内マップを見ると結構色々あるようだ。

はじめに子供用の遊具がたくさんある人気のエリアで1時間ほど遊んでから、向こうに広がっている芝生でお弁当を広げた。

すごい暑さで焼け焦げそう……おにぎりをひとつ食べたところで移動。木の下に陣地を広げる。ここは涼しいし、近くには登るのにちょうど良さそうな木もある。あ、セミの抜け殻！

そこからまた奥に歩いて、複雑にネットが張り巡らされている遊具のところに来た。何重にも広く大きくネットが張り巡らされている……すごい。

プリンスってば、一段ずつどんどん上のネットに足をかけ、あれよあれよと言う間に一番上のネットによじ登って歩き出してしまった。4メートルくらいの高さ。同じ高さのネットにいるのは、もっと大きな子ばかり。その子たちが歩くたびにネットが大きくゆれるので、動けず、じっとネットに四つん這いで張り付いて固まっている。大丈夫だろうか、もちろん大人は登れない。

でもよく見ていると、大きな子たちが通り過ぎるのをジーッと待って少しずつ動いている。また波がやって来ると、ジー、そしてまたそろそろと。15分ほど進んで、やっと下のネットに下りられる場所まで移動した。夫が抱き抱えて下のネットに下ろすも、またヨロヨロとネットの奥に向かって歩き始め、今度はタワーのようなものすごい高さのところを登り始めたので、さすがに大声で呼んでやめさせた。

かき氷を食べる。イチゴとレモンとメロンという昭和な味と色。

私たちは懐かしくてパクパク食べたけど、プリンスは「甘すぎる」とか言ってすぐにやめていた。

他にもたっぷり遊んで、夕暮れの中、帰る。帰りの車で、プリンスは爆睡。

8月3日（月）

今日はプリンスと私の実家へ。ジージに誕生日の絵を持っていく。

ジージの部屋はプリンスにとって宝の山だ。スポーツカーの模型とか、大人のロボットとか、「これなーに？」と聞いてはもらって来てる。「これもあげようか？」と松井秀喜選手のサインボールを渡そうとしているので、さすがに止める。まだわからないよ。

父は、今年、プリンスと見に行こうと思って甲子園球場に年間シートを買っていたらしい。2席あるそうだけど、コロナ以降、ひとつおきにしか座れなくなったので、ジージとプリンスで見に行くことはできないみたい。ん？ 3歳までだったら膝の上でいいから行けたのかな？ とにかくパパ！ タイミング悪し！

代わりにジャイアンツのパジャマや応援用のタオルなど、一式もらう。

「最近、特に物忘れがひどい」と言っているので、「80代だし、少しはしょうがないんじゃない？」と言おうと思ったけど、この間の「忘れていい」という話をしたら、嬉しそうだった。今を生きているってことだからね。

「でもね、パパたちはもう何年も後の予定なんてないんだから、今を生きるしかないんだよ」

と……。そういう意味じゃないんだけど、まあいいわ。

8月5日（水）

noteで「HOHOKOの部屋」の更新をする。今回はガネーシャの話。

今、今年の終わりに出るお財布のデザインをしている。次はオレンジ色の予定。

8月8日（土）

昨日、山梨県にある友人の別荘に一泊してから軽井沢に来た。

友人のところでは、今年もプリンスのために流し素麺をしてもらい、公園や森の中でたっぷり遊んでもらった。


軽井沢に着いて、まず掃除。前回、またすぐ来る予定であまり掃除をしないで帰ったので。2階の寝室も整えて、古そうな羽毛の枕を4つ処分。羽毛はカビが生えやすいので、もっと軽くて簡単な枕を買うことにした。

早速ホームセンターへ行ったら、いつも以上に人がいる。東京から大勢来ている様子。室内やバストイレの洗剤類、室内用のほうき、テラス用のほうきとちりとり、さっき切れた電球、プリンスの軽井沢用の文房具類、花火。それからママさんが庭の柵の一部を塗りかえたいそうなので、ご希望のブルーグレーのペンキの缶を2つ、東京に持って帰る肥料入りの土を2袋、植木鉢、小さな植木を2つ買う。

新しい車はトランクがとても大きいのでいい。東京から持ってきた椅子やプリンスのストライダーなども載っているのにゆったり。まだまだ入る。

お昼に焼きそばを作ってから、掃除の続き。プリンスと一緒に新しいほうきとちりととりで、テラスの落ち葉を片付ける。テラスの床の木にいい感じにコケが生えてきていた。

夕方、駅に夫を迎えに行く。お迎えの車でいっぱい。

プリンスは遊び疲れて昼寝しているので家に置いていったら、ガッカリしていた。いいじゃない、家で会えるんだから。

8月9日（日）

今日は長崎に原爆が投下された日。小学5年のときに学校の旅行で行った長崎の原爆資料館で見た悲惨な写真が、今も脳裏に焼き付いている。一番覚えているのはお兄さんが妹をおんぶしている写真。「次の日、背中の妹は死んでいた」というあの文章。

これが中国や韓国だったら、毎年その時期が巡ってくるたびに謝罪を求めたり、反日運動が巻き起こったりするかもしれない。「そういうところが日本人って、すごいよね」と夫と話す。

さて、軽井沢に来るとそれぞれ気ままに過ごすので、朝食もそれぞれ……と言いたいところだけど、夫は出来上がるのを待っているので、いそいそとお味噌汁を作り、鮭を焼く。卵料理もいろいろ。ホホトモさんからいただいた宮崎マンゴーも。

涼しい――。窓から入ってくるこの風。東京は36度もあるらしい。

朝食後、林の中を散歩する。「もっと行くとクマだよ」と、この間バーバに言われたことを夫に説明しているプリンス。

筋トレを続けて、ちょっと食事に気をつけただけで、体調が良くなった。疲れにくくなったし、体力が戻ってきた。筋肉って素晴らしい。

夜は焼肉を食べに行って、花火。

8月10日（月）

今日も爽やかで涼しく気持ちのいい朝。東京は今日も36度。

10時半にカフェでの朝食を予約しているので、それまで夫とプリンスと散歩へ。「妖精の道」と私が呼んでいる裏の道をトコトコ歩く。どの家も、結構来ている。ほとんどが東京ナンバーだ。東京ナンバーの車が軽井沢にいるといたずらをされるとかいう噂を聞いた。県をまたいでいるから。「別荘の車は、それとわかるようなステッカーとかがあるといいですよね。ここに税金払っているんだから」と、誰かが言っていたことを思い出す。

この散歩道の奥に、私がものすごく好きな別荘がある。それを見ているだけでいい気分。夢が膨らむ。別荘だからこそできる大胆さ。あんな感覚になりたい。

「お腹空いたねー」と二人が何度も言うので、帰る。


今年は軽井沢の片付けやメンテナンス、庭まわりについて、これまでになかったほど一生懸命。これまではそういうことをすべて親に任せてきたけど、急に興味が湧いたので、コツコツやってみようかな。

例えば、窓の外に「ここに紅葉を植えたい」という場所がある。夏の青々とした葉っぱも、秋の真っ赤な姿もいいよね。駐車場に生えていてちょっと邪魔な紅葉があるから、あれを移植しようか、とネットで移植に適した時期などを調べた。こんなことも、これまで全く興味がなかった。


やっと時間になってカフェに行く。

コロナのために店内の席数が少なくなっていた。でも予約できるようになって嬉しい。

エッグベネディクトのサーモン、フレンチトーストのハニー&シロップを二つ、豆腐とアボカドのサラダ、フワフワのメレンゲオムライス（チキンとほうれん草）を頼む。

プリンスが店員さんに言っている「あ、ありがとうございますーー」という口調、完全におじさんだ。

ママさんは、軽井沢でもネットフリックスで「ザ・クラウン」というイギリス王室のドラマを見続けている。「王室の人間じゃなくてホントに良かったわー（笑）」というのが一番の感想らしい。

8月11日（火）

今日も朝から青空。ここも暑くなりそう。

10時からZoomで会議。タイムリーな提案をされたので、東京に戻ってから会うことにする。この形、いい。まずはZoomで打ち合わせして、本当にまとまりそうなことだけ実際に会う、という形。


庭の作業開始。ママさんは植木の剪定（せんてい）。プリンスもチョキチョキと何かを切っている。思いついて、テラスに伸びている木の枝をカットしてみたら、すごくよくなった。品のいいおばあさまが犬の散歩で通りかかり、庭の奥からプリンスに手を振ってくださっているので、プリンスと一緒に近づいてちょっと話す。

「ママとバーバのお手伝いをしているの」とプリンスが言ったあたりから、

「私も孫のお守りを随分しましたけどね、あれはあれで生活にハリが出て楽しかったわ」とおっしゃったので、それをママさんに伝える。
「良かったね〜、生活にハリが出て」と言ったら、
「出すぎよ……（笑）」と。
あれ、プリンスがいないと思ったら、よく茂っている植木が丸坊主に……。

汗をかいたので、プリンスとお風呂へ。サウナに入れっぱなしになっていたアヒルの大きな乗り物を出してあげたら大喜び。
お風呂に浮かべて「旅に行ってくる！」とか言っている。
去年くらいまで、これがお風呂にあると怖がっていたので適齢期は今らしい。
プリンスが7時半に寝たので、これから大人だけのゆっくりタイム。

ワインセラーに10年以上あったんじゃないかと思われるシャンパンを発見した。調べてみると、シャンパンは基本的に腐ることがないので10年くらいのものでも飲める、とある。飲んだ、美味しい。

8月12日（水）

庭での作業を楽しみに起きる。こんな日が来ようとは。

朝食を食べてすぐに庭へ。

熊手、高枝切りバサミ、シャベル、スコップ、枝切り用ハサミ大小など、みんながいろんな道具を使って、それをその辺りにポンッと置いてしまうと、切った枝や葉っぱに埋もれてすぐにわからなくなるので、「今日から道具はここに置きましょう」という木を決めた。それは、プリンスが丸坊主にしたあの木。ハサミを枝にかけたり、軍手を枝先に被せたりして活躍。

表玄関の石畳の部分が、ずっと手入れをしていなかったので、土の中にレンガが埋もれている。そこを掃除し始めたらどんどん綺麗になって止まらなくなり、没頭。午前中かけて、ついに全てのレンガが顔を出した。

プリンスは、「うんとこしょ、どっこいしょ」と向こうで枯れた木を抜いてくれている。時間をかけて抜けた。「やっとカブは抜けました」とみんなで。

雨が降ってきたので家に入る。
部屋から落ち着いた夏の雨を眺める。

8月13日（木）

今日も朝から庭いじり。こっちの木をあっちに移植したり、新しい植木の苗を植えたり、切った枝を暖炉で燃やしたりして働く。

ぐっしょり汗をかいたのでお風呂。

午後はテラスで本を読む。上の部屋に置いてあった村上春樹さんの『1Q84』をちょっとのつもりで読み始めたら面白くて夢中。

だいたいゴミが出切ったので、庭の掃除をお願いする「便利屋さん」のような所へ電話した。いつもの植木屋さんは剪定がないので（ゴミ出しだけなので）今回は頼まず、ネットで調べてパッと目についた地元の会社にお願いする。

電話したらすぐに折り返しが来て、今日の午後、見積もりに来てくれるという。

午後は、プリンスのプリスクールの友達家族と集まる。去年もお邪魔させてもらったMさんの家。今年はまた、Mさん家族、義理のご両親、義兄弟の家族や子供たちなど、大人数。向こうのお義母様と私のママさんが昔からの友人なので同行する。

子供たちには、テラスでのシャボン玉が人気だ。自動でシャボン玉が出る蝶々の形のおもちゃ、スイッチを入れたときに流れる音楽がなんとも不思議なメロディー。寂れた遊園地のピエロが踊っていそうな……。それが短いスパンでずーっと流れていて耳に残る。


一度東京に戻っていた夫を、再び駅に迎えに行く。

家に着いて、この数日の庭の変化をアツク報告した。プリンスも「すごいでしょー、すごいでしょー」を連発している。

便利屋のMさんが見積もりに来てくれた。色々と話しやすく、いい人と出会った。

8月14日（金）

朝食の後、チェーンソーを使って、夫に木を切ってもらうことにした。見るも恐ろしいチェーンソー。これを数年前にママさんが自分で使おうと思っていたなんて、信じられない。

長靴を履いて軍手をはめてサングラスをかける。あぁ、コロナ初期のときに夫が勢い込んで買って無駄になっていた、水中眼鏡みたいなゴーグル、あれを持ってくれば良かった。
あっという間に一山が終わった。きれいな枝は薪にしよう、と思っていたら、ほとんどが薪になる。来週来る庭の掃除の人に、薪置場の下の腐葉土を掘り起こしてもらうことにしたので、大量の薪を、一度テラスに移動することになった。プリンスがちょこまか動いて、私たちに指示を出している。
「ここです、ここに置いてください！」とか言って。
夫「これは仕切り屋だね」
私「張り切るタイプだよね」
夫「また結構、この指示が当を得ているんだよね」

はい
こっち
こっちへ

そこに置いてください

午後はみんなでゆっくり。

それぞれ好きな本を持って好きな場所へ。プリンスは積み木を持ってテラス。

8月15日（土）

今日も快晴、の気配。

「さあ、何からしようか」と朝から夫がやる気満々なので、湿っている古い薪を暖炉で燃やしてもらうことにした。一緒に処分してもらいたい紙類が大量にあるので。

夫は、「あぁ、それじゃあ火はつかないと思うよ……」という薪の組み方をしている。湿っているんだから、いつもよりさらに着火しやすい組み方をしないといけないのに、あれじゃあ、乾いた薪でもつかないだろうな、なんて思う。

案の定、紙だけ燃えて薪に火はつかず、灰だけが増えていく。

「ああ、もうどいて！！！」と代わり、薪を組み直した。

「大丈夫、あとは任せて、任せて、まーかーせてー」と10回くらい言われたので交代して、もう見ないことにした。

20分後、まだつかない。お昼はみんなで外で食べる予定なので、「そろそろ火を消す方向でお願いします（笑）」とかママさんに言われてる（笑）。まだついてもいないのに。

お昼は、友人の別荘で東京の会員制レストランが開かれることになったので、そこへ。

8月16日（日）

昨日は終戦記念日だった。毎年この時期になると思う。

自分の人生を大事に！　大事に丁寧に味わおうと。


物事の捉え方は、本当に人によっていろいろ。びっくりするほど。その多くは、その人の育ってきた環境に由来する。もちろん現在の環境にもだけど、私の感覚だと、やはり幼少期から社会に出るまでの影響というのは大きい。

そして環境が似ているというだけで、必ずしも同じ感覚であるわけでもないところがミソ。そこに本人の性格や、今の状況やいろんなものが加味されてその反応になっているわけだから……ほんと、他人の捉え方は他人のものだ。

そしてだからこそ、思わぬ小さなところに共通点があったり感性の一致があったりすると、ハッとする。


夫は朝早くからテラスにいたようで、朝食の後、ソファでウトウト。

みんなウトウト。


午後は、夫の友人宅でのランチと音楽会へ。

今年はコロナのために夏の軽井沢のいろんな集まりが中止となり、開かれるのはここくらい。少人数でテーブルがセッティングされていた。

同じテーブルになった夫の知人の奥様と話す。中東のある国の大使秘書をされているらしい。中東か……ドバイね、また行きたい。

この会も、少人数の着席式になってすごく良くなった。ひとりひとりと話を深められるようになった。

夫は夕食の後に東京に戻る予定だったけど、「半沢直樹」を見ていたら「明日の朝にしたくなった」と言うので、みんなでまたダラダラと過ごす。

半沢直樹……こういうドラマを見て毎回思うのが、ホント、男じゃなくて良かったということ。この時代の男に生まれたら、企業に就職するとある程度この種の戦いを迫られそう。

8月17日（月）

プリンスの早朝のおねしょで目が覚める。しばらくしていなかったのに。

6時に夫を駅まで送り、そのままテラスで『1Q84』を読んだ。ここに出てくる「青豆」という女性の規則正しい生活の様子を読むだけで、気持ちが引き締まるというものだ。

友達から連絡があり、プリンスとプラプラ歩いて、友人の別荘へ。そのお宅の広い芝生の庭で、その家の兄弟や親戚たちと水鉄砲で遊ばせてもらった。背中に水のタンクを背負って走り回っている。楽しそう。

途中、真っ黒なアゲハ蝶が芝生に横たわっているのを見つけて、みんなで観察。踏まないように、割り箸を使ってそーっとテラスに移動させたりして。

プリンスは従兄弟のお兄さんに虫取りもさせてもらった。虫取り網を持ってジーッと木の上を見ているだけで、トンボや蝶々がやって来る。それを抱っこしてもらって捕獲！

私の友達の、子供たちへの対応を見て、学ぶことがあった。そうか、プリンスにもこういう風に接しよう、と思う。

帰って、プリンスは昼寝。私は少し仕事する。5月から始めたnoteの「未来ラジオ」に収録したいことがあるのだけど、ここだとなかなかその環境が作れない。

最近、昔のことを思い出すことが多い。この10年くらいのこと。

あのときは気づいていなかったけど、実はこうだったんだな、とわかることがある。

病気になって初めて健康のありがたさがわかるように、何事も、そこを通り過ぎて初めて見えることがある。あの頃は、実は恵まれていたんだなぁ、とか。もっとこうすれば良かったなぁと思うことも、いくつかある。
でも多分、あのときはあれで良かったんだと思う。

8月18日（火）
夏は続く。
今日は軽井沢在住のファミリーのお宅に遊びに行く。前回の滞在で、初めてゆっくり話すことができたWさんのところ。大きな犬がいて、今日はカメラマンがその子（犬）の誕生日の記念撮影をしていた。プリンスも一緒に撮っていただく。
広い芝生のお庭と、そこで真っ黒に日焼けして雑誌を読んでいるご主人、ここもまるでハワイ。ああ、私もここで仕事したい。

9月10日（木）
8月20日に東京に戻ってきて……しばらく時間が経った。この間にプリスクールの2学期が始まり、新刊が出て、夏が終わった。

プリンスの育て方について様々なことを思うとき、改めて、親（特に母親）の全てが子供の細部に表れるなと実感する。これを思うと、「あの子がどうしてこうなってしまったかわからない」なんてことは絶対に言えない。

「親の自分（あなた）にその芽があるんだよ」ということ。

9月15日（火）

今日は私の会社にとって大事な日で、新しい税理士さんなどがいらして事務作業をする。印鑑を押すところがたくさんあり、先日作った私の新しい印鑑を早速使った。

11年続いた共同通信のニュースサイトでの連載が今月で終わった。すっきり！　長年、担当をしてくれたKさんに心からの感謝のメールを送る。

コロナが終わったらお食事しましょう!!

9月16日（水）

プリスクールのお迎えまで仕事をして、お迎えに行き、家の中のことなどするとあっという間に夜。規則正しく、1日は短い。

9月18日（金）

朝晩はだいぶ涼しくなった。夏の間、寝室の窓を開けて寝ていたのだけど、「寒い」と夫が言い始めたので、寝る位置を交換することにする。窓側が私に。

先日三笠書房の編集者から、吉本ばななさんが、私の8月の新刊『朝のひらめき　夜のひらめき』についてご自身のブログで褒めてくださっているということを聞いた。個人的にメッセンジャーで連絡はいただいていたけど、公のブログにも書いてくださっていたのか……感動。

早速読んだらこんなことが書いてあった。

帆帆子ちゃんのことをとんでもスピお嬢と思っている人は多いと思うが、実際会って会話してみると、この世でいちばんまともだということは前も書いた。明らかに変なものを見ても眉をひそめず、「へえ」という顔しかしないで自分が悔いのないようにふるまうのは、育ちがよくないとできない。

今回の瞑想の本は、今までの彼女の本の中でいちばんいい。気がいいし、彼女の育ちの良さのおおらかさを見せつつ、実際に役に立つ方法が具体的にたくさん書いてある。彼女のすばらしいご両親が彼女にずっと愛を持って注いできた力が、孫が登場する段になって静かに力強く花開いている感じがした。

この本の中で「書かない方がいいこと（グチや、いやだったことの具体的な例）は書かない」その伏せ方がとにかく上品だなと思った。これからもどんどんすくすく育ってほしい。親戚のおばさんのようにそう思う。

こんな嬉しいことがあろうか……興奮、感動、感謝。

一番面白かったのはここ。

「明らかに変なものを見ても眉をひそめず、『へぇ』という顔しかしないで〜」という部分。この「明らかに変なもの」というのはなんのことだろう。この態度をばななさんの前でやった（そういうことがあった）ということだよね。今度お目にかかったときに聞いてみよう。

好きな人に褒められるって、こんなに嬉しいことか……踊り出しそう。

ガバッと起きて窓を開けたらすごい朝焼け。気持ちのいい風、またハワイ。

9月19日（土）

昨晩、軽井沢へ来た。

今日はずっと家にいて、仕事、散歩、庭仕事。プリンスはおばあちゃまにべったり。

9月20日（日）

朝、ゆっくりお風呂に入る。

朝食は卵料理、美味しいトマト、緑の茹で野菜、厚切りベーコンなど。

プリンスはまたおばあちゃまと庭仕事。

掘り起こした土の下から太ったミミズが4匹も出てきたらしく、「なんとかしてーー」と声がするので、よっこらしょと私も外に出る。

ウネウネと動いている、ミミズ。

「もう少しこのままにして」とプリンスが言うので、しばらく一緒に眺めた。土の香りが香ばしい。ちょっと目を離しているうちにかなりの距離を移動するのね、ミミズ。プリンスが飽きて向こうに行ったので、他の植木と一緒にゴミ袋へ。

今晩は生姜焼きにしよう。玉ねぎをじっくりと炒めてプリンスのお好みの味に。

9月21日（月）

今日も、私はゆっくり本を読んだりお風呂に入ったり。プリンスは庭で転がりまわっている。

今の私は「待ち」の時期。コロナとは関係なく、仕事もプライベートも、次の方向性を感じようとしているところ。自分の心を観察する時期、とも言えるし、なんとなく停滞している時期、とも言える。5月、6月あたりは楽しかったけど、その感覚もさっぱり消えた。

なので、今は淡々と目の前のことをこなしている。確実に毎日を紡ぐこと。

午後、夫を駅へ迎えに行って、夜は友人宅でディナー。

大学病院の院長ご夫妻と、料理研究家と能楽師と私たち家族、それからこのお宅のお嬢さんのお友達や彼など全部で十数名。

院長夫人と私のスマホのケースが同じだった。しかも、お互いにまだアイフォン7、というところから話が盛り上がる。先方のお嬢さんと私の弟が幼稚園の同級生だったことがわかり……など、まぁ、だいたいこんな風につながるものよね。

ウィーン料理をいただいた。グーラッシュという家庭料理だそう。ビーフシチューのようなお肉料理とクヌーデルというまん丸のじゃがいものお団子。デザートにはザッハトルテ。これが今まで食べたザッハトルテの中で、一番美味しかった。甘すぎず、でもしっとりしていて外側のチョコレートコーティングが分厚い。たっぷりの生クリームで。

プリンスは大人の長い食事の間、このお宅のお嬢さんとボーイフレンドにずーっと遊んでもらっていた。

「ごめんねー、どうもありがとう」と言いながら食事をしていたら、「あなた、そう言いながら、全く立ち上がるつもりないでしょ」と母に言われる。そうね（笑）。

9月22日（火）

早朝、散歩へ。いつもの道からちょっと足をのばしたら、通りの先に何か……キツネだ！　しっぽでわかる。プリンスのために急いで写真を撮る。

誰でも「自分の好きなことをやっていいんだ」と気づく瞬間があるものだけど、それがわかると人生は面白くなる。私がそれに気づいたのはいつだったか……意外と最近のような気がするな。この5年くらい。

もっともっと深いそれになりたい。もっと他人の目を気にせず自由にやりたい。

9月23日（水）

ばななさんが新刊の帯の推薦文を書いてくださることになり、その文章が出版社から来た。「ご確認ください」もなにも、私が言うことは何もない。お言葉がいただけるだけでありがたき幸せ。

昔のことを思い出して、あのときもっとこうすればよかった、とかもっと頑張ればよかった、と思ってうっすら後悔していたことがあったのだけど、今日ある人に、まさにその「私が後悔している部分」を評価するようなことを言われた。

その後悔している私の性質や性格をAだとして、「あのとき、浅見さんがAだったこと、すごく良かったと思います」というようなことを突然言ってきたのだ。

びっくり。そのことを最近、私が突然思い出し、それを他人がまた突然話題にしてくるって……こういうのも宇宙からのサインだろう。人の口を借りて、「あのときは、あれで良かった」ということを教えてくれている。

こういう答えが絶妙に来るときって、その前に必ず自分自身の「宇宙への問い」がある。つまり今回は「あのときもっとこうすれば良かった……と思うけど、どうですか？」というような無意識での問いを、私が心に持っていた。だから答えが来る。

9月24日（木）

テラスで瞑想をする。始めて3分で、プリンスが来た……。

うちの周りにキノコがたくさん生えているので、「とりに行こうよ」とカゴを持っている。お山のキノコをとってみんなで食べた、とかいう絵本に影響されているんだな。「食べられない毒キノコもあるのよ」という話をしたら、「ねぇパパ、毒キノコとりに行こう」とか向こうで言っているので、ここはもう夫にまかせて私はテラスでのんびりしよう。

はぁ……暇。なんかいいことないかなぁ、と思う。

本の世界に入って20年近く、これほど時間があるのは本当に初めて。

そして気づく。「自由」というのは時間があるから確保されるわけでもないな、ということ。忙しければ忙しいほど精神的な自由を大事にするし、私の場合は仕事をすればするほど、心が広がって世界が拓いていく気持ちになる。

私はこの「精神的自由さ」がないと絶対にダメ。でもこれは、結婚してから気づいたこと。図らずも、私の夫は私の精神的自由を100％尊重してくれるので結婚してもそれが確保されたけど、これがなかったらすぐに苦しくなっただろう。そして夫に「尊重している」という感覚はなく、自然にその状態になっているというのがお互いの「相性」というものなんだろうな。

1時間後、二人はキノコの代わりにソフトクリームを持って帰ってきた。

午後、東京に帰る。

9月25日（金）

今日はプリスクールの運動会。

動物ダンスとかけっこに出た。動物のお面をつけてお遊戯をしている私を、空のたかーいところから眺めてみる……。

印象的だったのは、プリンスたちの学年の種目が終わって、この年齢のクラスは「あとは自由解散（最後まで見なくていい）」となったとき、だいたいみんなが荷物をまとめて帰ろうとしたこと。

それを見たプリンスは号泣。「もっと一緒に応援したかったのにー」と。

うんうん、ママもそう思った。もう少し見て帰ってもいいよね……。

ということで、しばらく他の学年を見てから帰る。

夜、夫から送られてきた今日の動画を見ていたら、そこにたまたま「超」有名芸能人が保護者として来ているのが映っていた。幼稚園内にいる「そういう人」って、普段は興味がないので意識しないけど、この人はとても興味深い。なんて言うか、「動物？生き物？」として、その動きを観察したいような人だ。夫もそうだったらしく、笑ったのは、プリンスを撮っていたはずの撮影画面が、その人を発見した途端にガクッと揺れて、しばらくその人の後ろ姿に向けられていたこと。

9月26日（土）

1週間くらい前にプリンスと埋めたアボカドの種が芽を出して、びっくりするほど大きくなった。今、20センチくらい。上手に育てると観葉植物のようになるらしいと聞いて、嬉しくなる。調子に乗ってもうひとつ、種を埋める。

昨晩、夫が持って帰った小川軒の「レイズン・ウィッチ」。久しぶりだったのでパクパク食べて、10個あったのが一気に2個になった。せめて1個は夫にとっておこう、と残しておいたのだけど、さっきその箱を開けたときの夫の目のまん丸さ！（笑）

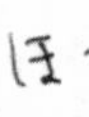

驚きとあきらめと
「ここまでか」
という感動が
入り交じったような
「ほー」
だった

9月27日（日）

半年ぶりくらいに行く近くの公園へ。

草がボーボーに茂ってすっかり様子が変わっていた。すると向こうに広がる景色まで違って見える。日々の小さな手入れの凄さを思う。

かくれんぼをする。緑のTシャツのプリンスは草むらに身を沈めて、「わからなかったでしょ」と。

スタバでコーヒーを買って、プリンスの買い物をして帰る。

夫は夕方、映画祭に出かけた。「半沢直樹までには帰るから」とLINEあり。

夕食はパエリアを作った。あとビシソワーズ。

プリンスを寝かせてから、シャンパンと生ハムを用意したところへ夫が帰宅、ちょうど「半沢直樹」だ。今回も金融業界の「いろは」を夫に聞きながら見る。

一度、私が聞いた質問にあまりに素っ気なく返されて……どころか、チラッとこちらを見ただけで答えてもくれなかったので、

「ちょっとぉ、あまりに冷たくない？」と言ったら、

「いや、質問のレベルがあまりに低くて答える気がしなくて（笑）」と言われた。

確かに……ドラマの興奮に押されて、小学生並みの質問だった。

全部見終わりました。いやぁ、良かった。あれは全ての政治家に見てほしい。あそこまでの汚職はしていなくても、日常の慇懃無礼な態度の見直しに！

そして中野渡頭取のカッコ良いこと。「責任は全て私が取るから思う存分やってこい」という……リーダーたるもの、男たるもの、こうでないと、と思う。

9月28日（月）

青山3丁目の「青山ベルコモンズ」が新しくなったので、4階のレストラン、「THE BELCOMO」へ。この名前、いいね。

エレベーターを降りたら、カジュアルなアジアのリゾートホテルのような空間が広がっていた。外の眺めはビルだけど、いい意味で雑多さもあり、ここは人気出そう。近隣のオフィスの人たちがたくさんランチに来ているようだ。男性の2人組なども多い。

今回もお店を決めてくれたこのグループ最年長のピグミンが、「夜も素敵なのよ」と言うので、

「どんな感じなんですか?」とみんなで聞いたら、

「……このままで暗くなるのよ」と言っていた(笑)。


それにしても、43年東京に住んでいるけど、東京の変化の早さにはいつも驚かされる。ビルの中が通学路になっていた渋谷の「東急文化会館」が「ヒカリエ」になり、(それにはさすがに慣れたけど)反対側の「東急プラザ」が「フクラス」とかいう妙な名前のビルになって、宮下公園はあっという間に「MIYASHITA PARK」というおしゃれな一角になった。宮下公園って「危ないから一人で入っちゃダメよ」とか高校生くらいまで言われていた場所……。

「東京の人って、青山は知ってるけど渋谷はわからない、とか言うよね(笑)。でも青山と渋谷ってすぐそこじゃない?」

と、関西の人に言われたことがあるけど、確かに、こういうこと言うね。私も数ブロックしか離れていないエリア内で「恵比寿は知ってるけど中目黒はわからない」とか「広尾は知ってるけど西麻布は最近未開拓」とか言うかも。

幻冬舎文庫 7月の新刊

©益田ミリ
2022.07

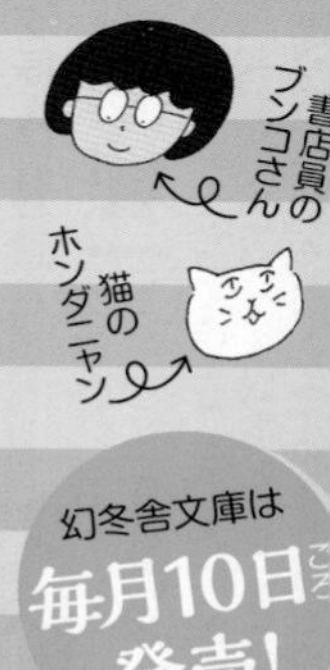

幻冬舎文庫は
毎月10日ごろ発売!

焦眉
警視庁強行犯係・樋口顕

連続ドラマ化

今野 敏

781円

暴走する特捜検事を食い止めろ!

都内の刺殺事件で捜査一課の樋口の前に現れた地検特捜部の検事。情報提供を求めたうえ、自身が内偵中の野党議員の秘書を犯人と決めつけて逮捕した。樋口は証拠不充分と主張するが……。組織の狭間で奮闘する刑事を描く傑作警察小説。

死神さん
嫌われる刑事
大倉崇裕

執念と推理力で死神が躍動！

看護師が筋弛緩剤を患者に投与した。男が逆恨みから一家三人を惨殺した――そう警察が結論付けた殺人事件がすべて無罪に。死神と疎まれる警視庁の儀藤は執念の再捜査で真相を突きとめることができるのか。

書き下ろし

連続ドラマ化

825円

神奈川県警「ヲタク」担当
細川春菜3
夕映えの殺意
鳴神響一

春菜に捜査の協力要請が舞い込んだ二つの事案の現場が、いずれも人気アニメの聖地と判明。聖地ヲタクの「登録捜査協力員」を巻き込んでの捜査は思わぬ方向へ進展

737円

まず、自分を整える
毎日、ふと思う
帆帆子の日記21
浅見帆帆子

自分を見つめる時間をとると、ものごとの流れが良くなる。アイディアが閃くし、クリエイティブになって充実を感じる。自分を整えて心を満タンにするための、読めば元気がでる日記エッセイ。

書き下ろし

781円

なんで僕に聞くんだろう。
幡野広志

「家庭ある人の子どもを産みたい」「虐待してしまう」「風俗嬢に恋をした」「息子が不登校」「毒親に育てられた」……。人に言えない悩みを、なぜか皆、ガンになった写真家に打ち明ける。刺さる人続出の、異色の人生相談。

781円

ニッポン47都道府県
正直観光案内
宮田珠己

スペクタクル富山県。一番ダサい東京都。大分県は大魔境。茨城県が日本一？――へんてこ旅を愛する著者が、本気でイイと思ったスポットのみを厳選。かつてなく愉

825円

奇跡のバックホーム

横田慎太郎

横田、野球の神様って、本当にいるんだな。（鳥谷敬）

ドラフト2位で阪神タイガースに入団。将来を嘱望されたが、プロ4年目に脳腫瘍に侵され、18時間に及ぶ手術の後には過酷な闘病が待っていた。絶望と苦しみの先に見えたものとは？　2度目の闘病を綴った新章を追加。

660円

時代小説文庫

番所医はちきん先生
休診録四
花の筏
井川香四郎

病と同じ、事件の原因もひとつとは限りません。

体には殴打や火傷の傷痕。一方で親の愛情の証しか、着物にお守り袋が縫い付けられた幼女の溺死体が見つかった。その死因に隠された幸薄い母娘の儚い希望とは？　表題作ほか全四話収録。

書き下ろし

847円

8月4日（木）発売予定！

トッ！	麻生幾
イマジン？	有川ひろ
やまゆり園事件	神奈川新聞取材班
猫だからね②	そにしけんじ
虹にすわる	瀧羽麻子
出張料理みなづき　情熱のポモドーロ	十三湊
サッカーデイズ	はらだみずき
わたしを支えるもの　すーちゃんの人生	益田ミリ
気づきの先へ　どくだみちゃんとふしばな7	吉本ばなな
花人始末　恋あさがお	和田はつ子

とめどなく囁く（上・下）

桐野夏生

夫はいったい誰を愛していたのだろうか

夫が海釣りに出たまま失踪し、年上の資産家と再婚した塩崎早樹。ある日、元義母から息子を見かけたと連絡が入るが――。突然断ち切られ、否応なく手放した過去に、早樹は再び引き戻されていく。

781円　825円

リセット

五十嵐貴久

黒髪の美少女と、淡い恋心の行方。

シリーズ第7弾

親戚の結花を引き取り面倒をみることになった升元家。結花の父親は交通事故で死に、母親は新興宗教にはまって出家したらしい。突然現れた美少女に、高校生の晃は恋に落ちるが……。

オリジナル

737円

表示の価格はすべて税込価格です。

幻冬舎 〒151-0051 東京都渋谷区千駄ヶ谷4-9-7 Tel.03-5411-6222 Fax.03-5411-6233
幻冬舎ホームページアドレス https://www.gentosha.co.jp/

変わらないけど変わっていく東京……。だいたい渋谷だって、これ以上どこを開発するというのだろう……と新たに建設中の高層ビルを見上げて思う。

9月29日（火）

今日から新宿のパークハイアットに1泊する。

「Go To」が始まって混む前に……ということで。

12時半にアーリーチェックイン。綺麗な部屋。左に都庁、正面奥に東京スカイツリー、少し右にオリンピックスタジアム、そして右のこの緑の森は……なんだ？

予約を受けてくれたパークの人からウェルカムドリンクがボトルで届いていた。プリンスのために、クッキーやチョコレート、おもちゃもある。

早速、ルームサービスでパンケーキとハンバーガーを食べる。

プリンスがいない、と思ったら、クローゼットの奥で黙々と洋服を畳んでいた。トランクから私や自分の洋服を出し、床にちんまりと座って丁寧に畳んでは引き出しに入れている。いつの間にこんなことができるようになったんだろう。

子供用のバスローブとスリッパがあったのでそれを着てプールへ。

誰もいない。左右にあるジムにも人はまばら。パークハイアットの良さはここにあるよね、この静けさ。コロナに関係なく、いつ来ても同じような雰囲気が維持されている。私はとにかく人が少ないところが好きなので、このホテルは相変わらずいいなと思う。スパの会員も年齢層が高くていい。

プリンスは持ってきた自分のアームヘルパーと貸し出し用のを両方、計4つつけてプカプカと浮いている。自分で浮いたのは初めて。

私の友人たちも来た来た！

このメンバーは、数年前、一緒にハワイに行ったメンバーだ。

「これからはさ、こういう近場の楽しみがいいよ」

「近くにいいところがたくさんあるよね」

「みんな、青い鳥すぎたよ」

と口々に喜びを表現する。

夕方、燃えるような夕焼けを見た。焼けただれているようで怖いほどのオレンジ。

遠くに富士山。

帆「あの三角のは富士山よ」

プ「すごいねーーーーー」

と説明していたが、よく見たら、後ろのプールの天井部分の三角形がこっちのガラスに映っているだけだった。

部屋に戻ってお風呂に入り、ふやける頃に夫が到着。またルームサービスを頼む。私はルームサービスが好き。じっくりメニューを見て、3人で牛丼とビーフカレーとステーキにした。全部茶色。

夜になると、一層景色が美しい。

夕食後は、友人たちが部屋に来ておしゃべり。

プリンスはベッドで大の字になって寝ていた。

9月30日（水）

朝、カーテンを開けたら朝日が昇ってくるところだった。

希望にあふれたまん丸の太陽だ……こう、空に両手を広げたくなるような……というところへ夫がプチッとニュースをつけて日経新聞を読み始めたので、「ちょっとぉーーーーー、そういういつもみたいなのはやめようよ」と言ったら、「そだね」と言ってすぐにテレビを消した。窓に向かって並んでおしゃべり。プリンスはまだ寝ている。

朝食の前に、夫とプリンスはひと泳ぎに行った。

ビュッフェはコロナで止まっているので、朝食は、それと同じメニューを全部部屋まで運んでくださる。

夫は仕事に出かけてから、私たちはまた泳いで3時にチェックアウトした。

プリンスは「え？　帰るの？　ここに引っ越したんじゃないの？」とか言って……。

すぐに帰れるのが近場のいいところ。これからは近くを楽しもう。

10月2日（金）

はー、金木犀。この時期、窓を開けるときの楽しみ。10月か……。

今朝のこと。着替えのときに、プリンスがパンツを下げ、大事なところを何度も見せて、「へへへへーー」と大喜びをしていた、まったく……。「おお、彼は根っからのエンターテイナーだな」と夫。ものは言いようだ。

年末に発売するお財布のサンプルができてきた。実際に出来上がってきたら思っていた以上にいい。今すぐ使いたいくらい。後は、このベルト部分を少し分厚くすれば完璧。夕方5時の音楽が流れてきたので、今日も幸せな気持ちでシャンパンを開ける。そう言えば軽井沢でお目にかかったご夫妻も、ご主人が「〇区（うちと同じエリア）は5時になると音楽が鳴るじゃない？　それを合図にうちのもポンッと開けてたよ、自粛中、毎晩（笑）」と言ってらした。

アメブロに対して、急に情熱的にいろいろ書こうと思うときがある。

そしてまた急に「毎日更新する意味があるのか」なんて思う日があったりもする。

10月3日（土）

美容院に行った。私の担当さんが銀座に移ったので銀座へ。

その前に家の近くで用事を済ませようと思ったら、その店舗では用事が終わらず「銀座支店ならできる」ということだったので、今日、銀座に来ることになっていて本当によかった、と思う。今日中に手続きしないといけないものだったので、ギリギリセーフ。こんなとき、守られているのを感じる。

最近、ネットフリックスの「セリング・サンセット」というのを見ている。ビバリーヒルズやロスの高級物件をどんどん売っていく女性エージェントたちの話だ。毎回、アメリカ人たちの自分を主張する強さ加減にげんなりするし、ファッションもまるで裸だけど、インテリアと物件を見ている分には楽しい。

そして妙にやる気が刺激される。同時に、日本人とアメリカ人の果てしない国民性の違いを感じる。

この間のパークハイアットで撮ったプリンスの写真（白いバスローブを着て、新宿のビル群をバックに撮ったもの）に、友人がデコレーションでセリフを書いてくれた。赤いワイングラスを持たせ、「キミの好きなロゼにしたよ」というセリフ。

ちょうどよく胸がはだけているところがなんとも。

10月4日（日）

さて、また日曜日だ。

夫にも何も予定がないので、よし！　とばかりに「初めての電車計画」を実行することにした。

プリンスはまだ一度も電車に乗ったことがない。私も10年ぶりくらいなので盛り上がる。山手線で6駅くらい乗ったら引き返して、どこかで美味しいご飯でも食べよう、という計画。早速プリンスに話したら大喜び。

プ「なんだっけ、乗る電車の名前」

私「山手線？」

プ「そう、やまのてせんに乗ろう！　あとバスもね」と叫んでいる。

夫から、東京駅の絵のついたスイカをもらった。これは、東京駅開業１００周年記念の限定スイカらしい。

それをピピッと使ってホームへ。息子は無料だった。

一番前はガラガラだったので、運転手席をのぞかせてあげた。座った席も、両隣誰もいなくて三密の心配はなし。

おぉぉぉ、なんだかものすごく懐かしい。この駅は、私が小学校から高校まで12年通った電車の区間。いくらビルが増えても、基本の景色は変わらないよね。パッと見るだけで、「ここは○○駅と□□駅の間」など今でもわかるところがすごいな、と思う。

何度も「おぉぉぉぉぉぉ」と繰り返す。

8駅乗って反対側に乗り、うちの隣の駅で降りる。夫の好きな中華を食べて、近くの公園で遊び、そこからうちの近くまでバスに乗った。これは近くの地域を小さくまわるバスなので、バス代、100円。本日の交通費、1000円ほど。

「頑張ったね」

「いいお休みだった」

と夫と話す。

「予定する」というのは字の通り、「あらかじめ定める」ということなので、予定すればその通りになるんだな、ということを再確認する。例えば100人の会場を借りれば100人が集まるし、500人の会場を借りれば500人になる。もちろん、自然に浮かんだ人数がそれでなければダメだけど……。

この講演会会場と満席の関係は、もう10年くらい思っていることだ。用意されているものに、ちょうどよくおさまる結果となる。その箱を用意したときから、みんなのイメージがそのサイズになるからだろう。

今日も「はじめに準備した通りになった」ということがあった。失敗するかもしれないから2回分、余計に材料を用意していて、心の中では「1回でうまくいくかも」なんて思っていたけどしっかり2回間違えて、3回目にうまくいった。多分、はじめに5回分用意していたらそうなったのだと思う。

10月5日（月）

今日も張り切ってプリンスを送りに行く。私はこの時間が大好き。今は仕事をセーブしているので時間があるけど、完全に再開してもここだけは自分でやりたい。

ダイジョーブタがキャラクター化されて数ヶ月が経った。今はアニメ化に向けて、ダイジョーブタをプロのイラストレーターさんが描いてくださっている。そのラフができてきた。誰が描いても同じようなブタになるなんて、プロはすごいなあ。顔だけ、ちょっと太り過ぎのような気がしたので「もう少し細めに」とメッセージをつけて返信する。

部屋がサッと明るくなったので顔を上げたら、雲の隙間から天使の光が。

アボカドの芽がまた一段と大きくなった。しかし……木にはならないと思う。

10月7日（水）

今日、出先でプリンスとカフェに入ったときのこと。

店内の棚に飾ってある置物を見て、「これはどうしてここにあるの？」と言うので、「それはこのお店の飾りなの」と話した。「こっちも飾り？」「そう」「あっちも？」「そう」という会話を繰り返した数時間後、プリンスが自宅にいて私が外から戻ったら、玄関を開けた正面の台に息子がジーッとあぐらをかいたまま動かず。

私「何してるの？」

「飾り」

と言っていた。

マメに連絡をくれる中学からの同級生（男子）とランチをする。「で、用事はなんだったの？」と聞いたら、「え？　別に特に……」とか言っているので、他愛ないことをとめどなく話す。これができるのが昔を知っている良さ。「え？　まさか私のこと好き？」とかも全く思わないし（笑）。

プリンスをお迎えに行って、午後はお財布の撮影。

ある人のエッセイに、「自分の子供がどうしてこんなにひどい状態(横柄で乱暴で自分勝手)に育ってしまったかわからない」というようなことが度々出てきた。私はそれを読んでいて、「いやいや、あなた(親)のそういうところが原因でしょ」と感じることが多々あった。

もし、これを本人が知ったら、「あなたはこの出来事の全部を知っているわけではないのだから、そんなことを言うなんて失礼だ」とか「そんなことを言われる筋合いはない」とか思うかもしれない。

それはそうだ……読者は、著者の全部などわかるはずがない。だからもし読者にそういう風に思われたことに憤慨するのであれば、それについては最初から公に書かない方がいい。

公に書くということは、相手がそこにどんな感想を持っても仕方がない、ということ(もちろん、著者を意図的に傷つける目的はなく、純粋なその人の感想に限るけど)。

私は、読者に勝手に邪推されたくないところは公には書かない。ここに書いていることは、別にどんな風に受け取られても問題ない、と思っている部分のみだけど、多分それが普通だと思う。「何も隠さず書いています」なんて人がいるわけはなく、その言葉の真意は「書いていることに関しては特に隠さず書いています」という意味だと思う。

10月8日（木）

さっき、1時間くらいかけて書いた連載の記事が、私の保存ミスで一瞬で消えた。あぁ……もうっ！　と思ったけど、こんなときは「別の内容の方がいい」ということだと思う。気を取り直して、全然違うテーマでもう一度書く。

プリンスの洋服がまた小さくなってきたので、まとめて買う。かわいかったあのTシャツもポロシャツもこのセーターも、来年はもう着られない……。

10月10日（土）

先月も今月も雨が多い。今日も雨。

衣替えをした。昨日買い物をしたプリンスの洋服を引き出しに入れて、サイズが小さくなった洋服を「保存用」の引き出しにしまう。そこでプリンスのベッドの下をもっときれいにしようと思い、ベッド下にぴったりの引き出しを私たちの寝室から移動した。ビッチリと隙間なく引き出しを埋め込んで、これで、収納はゆったり。引き出しの中に余裕があるっていいよね。

夫はアームチェアでくつろぎながらパソコン、プリンスはレゴ。

10月11日（日）

ファンクラブ内での質問で、引き寄せの法則にまつわる内容は多い。

特にもったいないなと感じるのが、こういうの。

例えば「○○になりたい」と思っているとして（○○を引き寄せたいと思っていて）、どうしてそう思うのか聞いてみると、「○○にならないと、将来、あれが困るから」とか「○○ではない今はつまらないから」という答えが出てくるときがある。

それは、○○を望む理由ではなくて、「○○がなくて困っている状況」の話だ。そこを思っていると、そこが拡大して引き寄せられるから逆効果なんだけどなぁ。

それを改善するには、自分の感じ方に注目するといい。「○○がない今」を考えると気持ちがモヤモヤするはず。ということは、そっちは考えなくていい、考えるとその気持ちのものが引き寄せられてくるよ、ということだ。

ファンクラブ……今年は恒例の夏のパーティーや、海外ツアーはもちろん国内ツアーもできなかったけど、月1のホホトモサロンはＺｏｏｍになったことでグッと話が深まったし、呼吸法セミナーも始まった。来年は瞑想セミナーをする。これも多分、いずれはオンラインになるんじゃないかな。それはそれでいいよね。

最近、うちの近くのパン屋さんにある「あんこバター」というパンにハマっている。コッペパンのようなパンに板状のバターとあんこが挟まっていて、おいしくないわけがないというパン。

今日の夜は、私と夫が大好きな辛い麻婆豆腐にしよう。プリンスのメインはすき焼き味のお肉。付け合わせは、人参とブロッコリーのバター炒め、海藻サラダ、コーンスープ。副菜がどうしてもいつも同じような感じになってしまうのが悩み。

とママさんに言ったら、

「あらーー、みんなそんなものよ」と言う。

私「でも私が小さい頃、もっといろんなものが出てきた気がするけど、出してない？」

マ「出してない」

気が楽になった。

10月16日（金）

ママさんの誕生日をお祝いする。今年は節目の年なので、みんなうちに集まって盛大に。

はぁ……今は創作意欲も全く湧かない。こんなときは目の前のことを黙々と。やる気のバケツがいっぱいになるのをジッと待つ。

10月17日（土）

ネットフリックスで見るものがめっきりなくなった最近だったけど、また良さそうなのを見始めた。「エミリー、パリへ行く」というもの。アメリカ人とフランス人の根源的な対比の描写が面白い。

10月21日（水）

久しぶりにディズニーランドへ。人数制限がされているので空いていた。待つことなくスイスイと乗れる。これ、すごくいい。本来、こういうものって気がする。

10月22日（木）

今朝、プリンスを送りながら、「なんだか今日は楽しい」と感じる。これは昨日のディズニーランドの効果じゃないかな。ディズニーの波動ってすごいよね。これだけ相手を上げてくれる。

プリンスは、寝る前に「今日はいい日だったねぇ」とか、朝起きてすぐ「いい朝だねぇ」などと、よく言う。もっと小さいときからそうだったけど、感受性が強いのは間違いない。

おばあちゃまが帰るときなど、「誰かが帰るときはとっても寂しい気持ちになる」とか言って、「だから顔を見ないでバイバイすることにした」とか言ったり。他にもいろいろあるけど、今のプリンスは喜怒哀楽の「哀」が強まっているようだ。

もう、10月もあと少し。明日からファンクラブの皆さまと一緒に「呼吸法のプログラム」を受けるので持ち物の準備。

初日はインドで買った薄いピンクのサリー風ロングブラウスにする予定。それにショッキングピンクのスパッツ。シャテルのシンデレラシューズも履こう。3つのピンクのタッセルがついていて、布でできている靴。汚れやすいので、明日からのような室内の会場にぴったり。

10月23日（金）

今朝、プリンスと車に乗っているとき、急に幸せな気持ちが襲ってきた。

私の未来の望みについて、これまでと違う思い方をしたら急に幸せな気持ちが襲ってきたのだ。この感じ！　と思いながら顔を上げると、向こうからナンバープレート1番の車が走ってきた。これは私のラッキーナンバー。
「今ね、急にとってもワクワクしてきた」と後ろのプリンスに言う。
プ「なんで、どうして？」
私「とってもいいことがありそうな気がして」
プ「……もしかして、もしかしてディズニーランドに行ったからじゃないの？」
なんて言っていた。

夕食を作ってから呼吸法の会場へ。今日は19時から22時。
昨年、初めてキールさんから呼吸法を受けたときとほぼ同じ流れで3時間が過ぎる。皆さんの反応も面白かった。
帰り、とても久しぶりに夜の時間に出かけたので、なんだかドキドキした。街にも人が少ないし、東京タワーのライトアップも人が少ない分、くっきりと見える。夜更かししたから、早く帰ろう、なんて気分に……。

10月24日（土）
爽快に、5時に目が覚める。

おおーーーー！　これは呼吸法の効果だろう。前に受けたときもそうだった。目覚ましの音やプリンスの声などのきっかけはなく、突然目が覚めるこの感覚。そして活力に溢れて、そのまま起きたくなるこの感じ。

さらに、最近考えていたことについて、すごくいいことを思いついた。おおーーー。

やっぱり、呼吸法をすると何か違う。近くのカフェに朝食を食べに行く。

2日目の今日も楽しみ。今日は12時から17時……5時間も。

今、2日目のプログラムが終わって帰ってきたところ。

みんなの盛り上がりがだんだんと大きくなってきて、昨日よりさらに良かった。

不思議なのは、5時間も受けているのに全く疲れないこと。いろんなワークをするんだけど、毎回楽しかったし、帰るのも楽しみで鼻歌なんて歌ってた。

夕食はピザにした。「ピザまで、今日はいつもよりずっと美味しい」と思ったら、夫がトッピングの量を全部倍にしてオーダーしたんだって。

スッキリしたまま、早くに寝る。

10月25日（日）

今朝も、呼吸法によってエネルギーがみなぎっている私は、夫に美味しい朝食を作る。

そして部屋の片付けなどして充実した気持ちで3日目のプログラムへ。

今日も素晴らしかった。体がどんどん元気になってくるのがわかる。

3日間のまとめとして、プログラム終了の最後に私が20分ほど話をした。

それを聞いて、キールさんがウルウルしている。

「帆帆子さんの話は本当にハートに来る」なんて言われたけど、キールさんの言葉こそ、そうだ。インドでの国際会議で、緊張でいっぱいだったディベートが終わった直後、「すっごくよかったです。帆帆子さんの話が一番心に響いた」というキールさんの言葉で、どれほどホッとしたかを思い出す。

帰って、夫とシャンパンを飲む。この3日間はアルコールやお肉を控えることになっていたので、余計に美味しい。ん？　今日もやめた方がいいはずだった？　かもしれないけど、私は何回も受けているからいいということにしよう。それにこんなに幸せな爽快感で、飲まずにいられるか！

夜中、みんなが寝静まってから、フラ印のポテチを1袋食べる。

10月26日（月）

爽やかな朝。プリンスを送りに行く。

帰り道、パン屋が浮かんだので、一度車を置いてから歩いて行く。

秋晴れでちょっと暑いほど。せっかく歩いてきたのに、パン屋は今日から数日、臨時休業だった。明後日、友達が遊びに来るときにここのパンを買いに来ようと思っていたので、今日わかってよかった。

グルッと回り道をして、散歩した。

午後、プリンスが作りたいと言うのでハロウィンの飾りを作る。ハロウィンか……ネットで調べてかぼちゃ、コウモリ、お化けを描いて、月と星を切り抜き、それらを壁に貼る。

今週は夫が家で食事をする日が1日だけ。夜はプリンスとふたり、いろんなことを話しながらゆっくり食べて、ゆっくりお風呂に入る。

10月27日（火）

コロナ以降、初めてアメリカンクラブへ。しかしまだ、来る気がしない。マスクをしていない人とか、いたし。ルールを守るということへの国民性の気質の違いだよね。

夫が取り替えたアイフォン12を見たけど、7プラスを使っている私からすると小さく感じる。かと言って、12プロマックスというのは、女性には大き過ぎるらしい。

電池さえもてば、まだまだ7で十分なんだけどな。7プラスの、この薄くて平べったい板みたいなのが好きなんだけど。

10月28日（水）

呼吸法をしていないと体が鈍ってくる感覚があるので、今日は6時前に起きてやってみた。全部で40分くらい。最後、横になるところが最高に気持ちいい。体全体が床に沈んでいく感じになることが多い。

10月31日（土）

昨晩のプリンスは面白かった。寝る前に絵本を大体3冊読むのだけど、その後、電気を消してから創作話をすることがある。昨日もいつもの通り、「昔むかしあるところに、〇〇くんというおりこうな男の子がいました」から始まったのだけど、私が眠くて眠くて話し始めてすぐにわけがわからなくなり、まったく繋（つな）がりのないことを話し出した。

家族で旅行に行く、というあたりまではまともだったんだけど、

私「そこで、空にたくさんの星が浮かんでいるのをバーバが見つけました」

プ「へぇ、バーバも一緒に行ったんだぁ」

私「星にお願いをすると、そのお願いが叶うのです。でもそこにいたM君は大きなマスクをしていたので」
プ「M君も一緒なの？（笑）」（M君はプリスクールの友達）
私「（ここでちょっと眠気から覚醒して）あ、そうそう、一緒なの」
（と言いつつ、また私はツーッと夢の世界へ）
私「そのお星様が突然かぼちゃになって、驚いたぐりとぐらは……」
プ「……ねえ、ママ何言ってんの？（笑）」
というようなのを何度か繰り返していたようだ。
今思い出してもおかしい。あの「眠いときに無理に話そうとしてトンチンカンなことを言うとき」の不思議さったらない。あ、今変なこと言った、とわかるんだけど、またすぐに眠りの世界に入るので止められないし。息子が真剣に「ちょっとママ大丈夫？」といった話し方に成長を感じられもした（笑）。

全く乗り気じゃないけど、ハロウィンをする、2人で。
以前も着たかぼちゃの着ぐるみを着て、プリスクールで作ったかぼちゃのバッグに紙のお菓子をいろいろ入れて、うちの周りを歩くというもの。……多分、お菓子をくださる人はいないんじゃないかな、と思いながら外に出る。

そこで、向かい側の優しい奥様とバッタリ。「お菓子をくれないと、いたずらするぞー」とプリンスが言ったら、「あらちょっと待って」と家から小さなお菓子を持ってきてくださった。

ほー、ハロウィン、かなり定着してるね。

「おかしをくれないと、いたじゅらしちゃうじょー」なんて……かわいい。

11月1日（日）

自分の本当の望みがわかる、というのは強い。それを引き寄せるエネルギーが強まる。でもたまに、その本当の望みを勘違いしてしまっていることがある。例えば、結婚したいと思っている人が自分の心によく向き合ってみたら、「実家を出たい」という思いがあったことに気づいた。それが「結婚して家を出る」にすり替わり、「結婚したい」と思い込むことになっている。

こういう場合、本人の魂からの望みは結婚そのものではないので、それは叶いにくくなる。なぜオーダーしているのに叶わないのだろう……というようなことが、自分の本当の望みをわかっていないとよく起こる。

私も、自粛中にこれに似たような気づきがあった。「望んでいたことはあれだと思っていたけど、よく考えてみたら実は違った（こっちだった）」という。これがわかっただけでスッキリだ。

さて、今日のプリンスだ。

朝一、起きたベッドの中で「ママはかわいいね」と言うので、「プリンスもかわいいよ」と言ったら、「ボクはかっこいいの！」と言う。

帆「そっか、プリンスはかっこいいのよね。パパは？」

プ「パパもかっこいい」

帆「ああ、男の人はかっこよくて、女の人はかわいいのね？」

プ「そう、そういうこと」

帆「じゃあ、おばあちゃまは？」

プ「………え？　バーバ？　バーバは……大好き」

↑性別、わからなかったか笑

11月3日（火）

朝7時。プリンスはまだ寝ている。

夫と今後のことをいろいろ話す。直近のことからかなり先の未来の話まで。

私はこういう未来の計画的な話が大好き。たったこれだけで、この数ヶ月になかったほど気持ちが上向いた。

そうか、そういうことだったのか……。

最近の私は未来への目標がなかった。昔はあった、「こうしてこうしてこうしよう」みたいな私の中での予定、進んでいく方向がなかった。それがないと、私はモチベーションが下がってしまう。

子供を送って迎えに行って……それはそれでとても楽しい日常の流れだけど、それだけではポカッと心に穴が空いていたような感覚。その穴を真新しい世界の人たちとの単なるおしゃべりなどで埋められるかと思ったけど、やはり本質的にそれは無理。

私が大事にしている自分の感性の表現……、仕事をしているときのあの世界が広がっていく感覚は、いつもどんなときでも同時進行させていいものだったな、と思い出す。

そうか……この数ヶ月、今いちハリがなかったのはそれだね。

夜は、いつもの仲良し女4人組で、六本木の「鮨さいとう」へ。

ひとり一律3000０円のコース。文句なし。最後、ちょっと量が多過ぎて苦しくなったけど、少ないよりずっといい。途中、マグロ尽くしがやってきてこれでフィナーレかと思いきや、そこからまた美味しいネタが続くところがよかった。

たまにある外食を、ひとつひとつ楽しみに、粒揃いに楽しみたい。

11月4日（水）

今日は友人に誘われてモロッコの朝食を食べに行く。表参道の裏にあるモロッコのお店。

私はNHKの海外ドラマ「情熱のシーラ」を見てからモロッコに興味を持っていたけど、モロッコの朝食は初めて。

そうか、こういう感じなんだ。いろんな種類のパンケーキのようなものにはちみつやお花のジャムやクリームチーズをかけるもの。野菜がたっぷり煮込まれた、お腹に優しそうな野菜のポタージュ（これは断食明けに食べるらしい）。オムレツのような卵料理など。モロッコのしつらえがされているプライベートな空間で美味しくいただく。

いつかモロッコに行くときには、このメンバーで行きたいな。

急いでプリンスをお迎えに行き、夕飯の買い物。プリンスは、この間パンケーキにかけるはちみつがなくなったので、「はちみつね、はちみつを買わないと」と、自分で選んできた。なぜそれをわざわざ、というその輸入食材のお店で一番高級なはちみつ。

こっちにしない？　と隣の中間くらいの値段のものを提案したのだけど、「ボクはこっちがいい」とか言っているので、カゴに入れる。

11月5日（木）

「今日はパンケーキでしょ？」とプリンスが言う。

私「なんで？」

プ「だって昨日はちみつ買ったじゃない？」

と……。プリンスの世界は、常に一直線。

嬉しいことがあったのだけど、同時に「さてどうしようか」という状況が発生した。思わぬことって起こるものだ。でもまぁ、これについては考えても仕方ないので、しばらくほうっておこう。そのときが来たら答えは出るだろう。

11月7日（土）

3人で公園へ。

家を出るときに、私が昔のあることを思い出し、そこから更に嫌なことを思い出してモヤモヤと負のスパイラルに入った。すると行きの車の中で、夫から思わぬ話を聞いた。そんなこと私の耳に入れてくれなくていいのに、という嫌な話。そんなこと、どうして私に言うんだろう、わざわざ、と夫に対して腹立たしくなり、さっきの負のスパイラルに意識が戻って公園に着くまでイライラする。

すると、いつも停めている駐車場が珍しく満車だった。しかも私たちの前でちょうど満車に。流れ、悪い。こういうのって、最初に私が家でモヤモヤイライラしたことから始まっていると思う。

近くのハンバーガーショップでテイクアウトをして、ベンチに座る。

今日はあったかい。こうやって座っていても寒くないし。「もうこんな週末は最後かもね」と話す。

最近のプリンスはますます主張が激しく、自分の中での「こうしたい」がはっきりしている。これは……かなり自由な子なんじゃないかな。私には小さいとき、こういう自由さはなかった。

と母に言ったら、「あら、あったわよ」とあっさり。そんなものか。

11月11日（水）

今日は中国では独身の日なんだって。そうか、1が並んでいるからね。

「今日は中国で何の日かご存知ですか？」とテレビで言っているのを聞いて、私は自立した1が2つ寄り添っているから「夫婦の日かな？」とパッと思ったけど。

「おみくじというのはすごいな」と感心することが久しぶりにあった。

先週、いつもの神社に久しぶりにお参りして、コロナのために本殿に上がることができなかったので、ふと目の前にあったおみくじを引いた。すると「大吉」だったのだけど、そこに思わぬメッセージが書いてあったので、興味深く読んだ。

1週間近く経った今、そのメッセージの通りのことが起きた。

大したもんだな、と思う。最もすごいと思ったのは、このおみくじを引いたとき、私は「そのこと」について全く考えていなかった。願ってもいないし、考えてもいないし、むしろ後ろに団体さんがいたので「早く引こう」と思い、パッとふってその番号の紙を取っただけ。それなのに、その後のことがこんなに詳細に書いてあるなんて。

でも多分、心の底には「それ」を抱えていたのだと思う。「引くとき」にそれを意識していなくても、根底には「それ」を思っていた。

やはり、その人の心の根底にあるもの（そのエネルギー）を消すことはできないし、知らぬ間にその波動になっているのだろう、だから、それに見合ったものを引く。

11月15日（日）

今日は「Ｚｏｏｍでホホトモサロン」の日。

終わって、またエネルギーがチャージされているのを感じる。

最近プリンスが「きのう何食べた？」というドラマにハマっている。料理を作る場面になると、特に集中して。「これを作りたい」と言うので、この数日は「きのう何食べた？」メニューだ。今晩は鮭とゴボウとまいたけの炊き込みご飯、あさりのお吸い物。ほうれん草と海苔の酢の物などシンプル。気分よくシャンパンを飲みながら作る。

11月16日（月）

ダイジョーブタのティーカップセットのために描いた原画を、担当さんが工場から引き上げるのを忘れたとかで、処分されてしまったことを知った。「そういえば戻ってこないな」と思って確認してようやくわかったこと。

信じられない。作り手にとって、作品の原画のようなものがどれほど大切で愛情を注いだものなのかが、わかっていない。下書きの小さなカットだってとってあるくらいなのに。例えばこれが本だったら、表紙の絵はもちろん、中に使われた小さな白黒の絵カットでも、丁寧に保管されて厳重扱いで戻ってくる。

この担当さんが、この仕事を大切に捉えていたらこういうことは起こらなかっただろう。

クリスマスツリーを出した。3メートル近くのツリーを2本。飾りは段ボール8箱。

今年はゆっくり楽しんで飾ろう。時間もあるし。


すごくいいものをいただいた！　私が思っていたような家具！

友人が引っ越しをして、これからはご主人と二人、物を少なく暮らすということでまわってきた小型のキャビネット。

実は数ヶ月前、自宅に欲しいなと思っていたキャビネットがあった。でもそれは高級スポーツカーが買えるようなお値段だったのと、それがすごく気に入っていたのではなく、「今ある中ではこれ。妥協してこれ」という程度だったので、路線を変更した。望むテイスト全体を変えたのだ。それは、イタリアンレストランに行こうと思っていたところを中華に変えたくらいの大転換。それでも、気に入ったものがそのときは見つからなかったので、「いつか必ずいいものと出逢うだろう」と思って、宇宙に投げた。

それがやって来た。しっかりイメージして、あとは宇宙に任せる、すると来る。

11月19日（木）

あのキャビネットをどこに置こうか、頭の中でグルグルと考えるのに忙しい。追加で、別の飾り棚とイギリスのアンティークのチェストもいただいたので、グルグル……。

プリンスが「おやつにパンケーキを焼いてほしい」と言うので、小さく丸いパンケーキをたくさん焼く。それを積み上げて、バターとメープルシロップをとろりと。

「ママ、写真撮らなくていいの?」なんて、最近の子は……(笑)。

話が大きい人、特に仕事において1を10のように言う人って私はすごく苦手。自分はこんな大きなことをしてきた、自分はこんなに有名なあの人と友達(親友)、自分にはこんな面白い経歴がある、など。

男女で分けるわけではないけれど、男性ならまだわかる。これまでの歴史として、男性は比較的そういう世界に生きてきただろうし、ある程度の年齢から上の人たちは、そんな自慢がオンパレードなのもよくあることだ。でもそれが女性で同世代だと、結構びっくりする。

そういう人って、結局自分に自信がないんじゃないかな。そして多分、その話し方が長い間に癖になってしまっているのだろう。自分を大きく、話を面白くしないといけないという処世術。そうではないとやってこれなかったという、ある程度仕方のない積み重ねの姿。

でもそういうことは、そういうことで成り立っている世界だけでやってほしい、と思うのだけど、たまにこっちの世界に入ってくることもあるので要注意だ。慎重に慎重に。

夫が出ているシンポジウムをたまには聞いてみようと思って、プリンスと一緒に、ウェビナー参加をするために画面を開いてみる。

テーマは「日米のPhilanthropy Leadership（企業、団体、個人の社会貢献活動）の歴史的な考察」……ウーム……。

私は、夫の「昭和のギャグ」的なユーモアのセンスを密かに尊敬しているのだけど、英語でもその姿勢でギャグを飛ばしているのを見ると……尊敬を通り越して驚愕する。

11月20日（金）

今日は最高気温が25度まで上がるという。軽く、夏。

空を見ると、うっすらとガスがかかっている。高さがない夏の空。窓を開けると初夏のよう。

今朝、プリンスのプリスクールのお母様が、分厚い冬物のコートを着ていて、「今日、天気予報で5度っていうのが聞こえたから、5度しかなくて寒いのかと思っちゃったんです（笑）」と笑っていた。私この人、好きなんだよね。

ダイジョーブタのツイッターで、今、QUOカードをプレゼントするキャンペーンをやっている。癒しのダイジョーブタが、QUOカードか……(笑)。

11月21日(土)

コロナが増えているので沖縄旅行をキャンセルした。気持ち的に楽しめないし。
……というところへ、沖縄用に買った水着が届いた。この水着で勢いがついて、しばらく買ってもいいので、どこかで使えるといいな。たまにある、大量の「夜中のポチッと」。っていなかった洋服を中心に色々と買い物。

コロナ……ワクチンができるまでの辛抱と言うけど、今後もいつ第2第3のコロナが出てくるかはわからない。いつ何が起きるかはわからないということ。
そう考えると、今の行動基準がより鮮明になる。自分と家族にとって本当に大事なことを優先させよう。自分たちの基準で自分たちの身は守り、自分たちの判断で進もうと改めて思う。

11月22日(日)

今日は「己巳の日」で「何かを始めるのにいい日」だというので、あることを始めるのを今日まで待っていた。私はこの手のことを絶対に守っているわけではないけれど、一粒万倍日とか寅の日のようなわかりやすい開運の日は、それにちょうどぴったりの予定が近い日にあるときだけ、合わせている。新しいお財布を買う日、新しいことを始める日、何か契約する日など。その方が楽しいから。

朝食の準備をしながらのキッチンで。

夫が何かの話の続きで「ちょっと待ってよー」と言った。カッコいい若者調の「ちょっと待ってよー」で、「今のキムタクみたいだったでしょ？」と言っている。

帆「あなたさぁ（笑）、何をもってそういうこと言えるの？（笑）なぜそう思ったのか全くわからないんだけど……」

と、いつも機嫌のいい夫に言いつつ、

帆「でも……キムタクみたいな人と住んだら、やっぱりカッコいいのかもね」

とちょっと想像する。あの喋り方、カッコいいぜオーラ全開の人と一緒に住んだら……。

夫「え？……僕は一緒に住むの嫌だな」

帆「……ん？　その場合、あなたは一緒ではないよ？　私だけが一緒に住むってことよ」

とか、どうでもいいことを朝から。

11月27日（金）

アイフォンを、ようやく取り替えた。12プロマックス。

カメラは格段に良くなった。

ネットを見ていたら、「12プロマックスは女子には大きくて扱いが大変」というようなことが書いてあったのだけど、これまで同じサイズの7プラスを使っていた私にとっては全然。

これを思っても、人の感覚はそれぞれだなと思う。何をもって「オススメ」か、それはその人の環境や価値観によって全く違う。こんなアイフォンひとつとってもそうなんだから。

11月28日（土）

今朝起きたら、忘れていた創作意欲が出てきた。この感覚は久しぶり。

これは昨晩、自分の日記『毎日、ふと思う』の数年前のものを読み返して、「なんか私、すっごく好きに自由に生きているじゃん」と思ったからだ。

自分のペースで自分の心地よさで進めている感じ。それを読んでいたら、拓けた。

午前中、プリンスと公園へ。ダーッとストライダーで走り、ボール投げをして、かくれんぼをする。……これなんだよね……子育てによるこの分断が入ると、創作意欲が一瞬途切れるので、忘れないように、と心に思いながら。

子育てをしていると、新しい感性が拓ける部分もあるけど、同じ作業（創作活動）を1日中、または何日も何週間も継続することはできないから、そこがストレスになる。盛り上がったこのエネルギーを途切れさせないで！　という……。そこが、今の私にとっては修行。

15時から、ズームでオンライン対談に出る。「夢日記」という会のゲスト。

2時間たっぷりいろんな話をしたけど、一番残ったのは、神社の神様は疲れている、という話。みんながお願いをし過ぎて、本来感謝を伝えるところなのに、という……。そうね、確かに私もいつも何かをお願いしている。

私の好きなお願いの仕方は「〇〇（願い）のために、力を貸してください」というものなんだけど、これも結局はお願いだ。

何かが叶ったときはすぐに「御礼参り」に行っているけど、今度から日々の感謝を先に言おう。

終わって、主催者のNちゃんからオーガニックのワインをいただいた。ちょうど「オーガニックワイン」を試してみたいと思っていたので、嬉しい。

帰ってきたら、ママさんの作ったご飯が用意されていた。あぁ、家に帰ってきてご飯の用意がされているのって久しぶり。すごく嬉しい。ちょうど夫もゴルフから帰宅。一度にみんなが戻ってきて「これはいいねぇ」なんて言ってるプリンス。

みんなですき焼き。

……なんとなく、寒気がする。さっきの対談の最後の方、日が落ちてきて、外に面して大きなガラスドアがたくさんある場所で話していたときに「ちょっと寒いな」と思っていたんだよね。あのときかな、引いたのは。

風邪のときに煎じるお茶を淹れて、食後、早めに休む。

11月29日（日）

風邪は、悪化することなく落ち着いた。多分、こういうときにむやみに病院に行くと、PCR検査を勧められるのだろう。でもだるさは残っているので、今日は1日ゆっくりすることに決めた。外も寒そうだし。

1日中、みんな家の中でまったり。今日は、本当は親戚の集まりがあったのだけど、コロナのために延期となったので良かった。

私は創作意欲が戻ってきているので、寝ながらベッドの中でいろいろメモする。

半年ぶりくらいに「サンデージャポン」を見た。「宮崎謙介が4年ぶり2回目の不倫」ということで番組に出てきて、それに対してコメントしている奥さんを見てため息。

やっぱり今はネットフリックスの一人勝ち。

本を読んだりメールをしたりしながらウトウト。

久しぶりに戻ってきたこの創作意欲について考える。

子育てをめぐる世界に埋没していると、自分の好きなことから知らぬ間に遠ざかっている。子供にまつわることは楽しいし愛くるしいので、自分の好きなことは「喜んで後回しにする」という感覚だけど、「好きなことを後回しにする」というのは自分にエネルギーを与えてくれることを後回しにするということなので、それが減ると少しずつ枯渇して、あるときとても苦しくなっていることに気づく。

それと、知らないうちに、自分ではない他人の基準や環境に合わせ過ぎるようになるのも問題。例えば「今は子育てをしているのだから、創作活動はお休みしよう」というような……誰にも強制されていないのに、自然とそうしなくてはいけないような気持ちになっていくのが不思議。それは人によって違っていいのに、私も無理にそっちに持っていこうとしていた感がある。

本来の自分ではないようなこと……まわりに合わせたり、世間話やどうでもいい会話を長く続ける機会が増えることで、これまでの自分の世界から離れてしまった。

いかんいかん……危うく、うっすらと苦しさを感じているのに、そっちの世界に自分を慣らしてしまうところだった。

よかった、このタイミングで気づいて。

遠くから、プリンスと夫がじゃれついている大騒ぎの声が聞こえてくる……と、またウトウト。今日は私が活発に動けないので、食事は1日「ウーバー」となった様子。朝食はベーコンエッグサンドイッチが、おやつにはクリスピー・クリーム・ドーナツが、夕食にはトンカツが運ばれてきた……。風邪でなければ嬉しいところ。

12月1日（火）

12月か……よし！　と、早朝、「いつものあそこ」へお参りに行く。

今年はコロナのために、ちっとも「いつものあそこ」にはならなかったけど。

帰り、早朝の六本木ヒルズが朝日にキラキラしていた。

コロナの感染者数はまた増えている。一体どこまで続くのだろう。

どこまで数をカウントするか……。

今週末に呼吸法の2回目をする予定だったけど、早々に延期しておいてよかった。

12月6日（日）

コロナ禍になってわかったことのひとつだけど、私も夫も、実は家にいるのがすごく好き。ここを快適なアジトにしてそれぞれ気ままに好きなことを、という休みの日が最高。

旅行もそれほど行きたくない。もちろん行くときは最高の状態にして出かけるので「嫌な旅行」ということはあり得ないけど、週末や連休の度にどこかに行きたいという気持ちは元々ない。なのでコロナで行けなくなって残念、という気持ちもほとんどない。

行けない今のうちにやっておきたいことが色々ある。

さて、今日はちょっと遠出して大きな公園へ。今年は公園に本当によく行く。「だって外で空気のいいところってなると、今は公園しかないよ」と夫。確かにね。

子供用の遊具のある場所で1時間半、遊ぶ。家族だらけ。ついボーッとしてしまう。今日は遊びの半分を夫に任せて私は休憩。

帰り、近くにあるはずの、昔よく行ったレストランに行ってみようかと向かったら、すごい混みよう。で、テイクアウトにしてパンやビーフシチューなどを買う。お店に入りたかったプリンスが号泣したので、ここも夫に任せて、私は車の中で待つ。しばらくベンチに座って話をしているうちに機嫌が直ったようで、ニコニコと戻ってきた。夫は、感情的になることなくプリンスを本来の方向へ誘導するのが本当に上手。

12月7日（月）

プリスクールのママ友たちとランチをする。

衝撃的だったのは、これまでお子さんが2人いると思っていたママに、実は4人もいらしたこと。プリンスと同い年の女の子、その下にまだ歩き始めたばかりの妹……だけかと思っていたら、上に2人、小学生の男の子たちがいることがわかった。とてもそんな風には見えなかったのでびっくり。華奢（きゃしゃ）だし。あ、違うな……体型は4人も産んでそうには全く見えないけど、今思うとお子さんに対して妙にサバサバしている慣れた感じが、納得かも。プリンスと同い年の○○ちゃんで、すでに3人目だもんね。

子供が4人いる日々のスケジュール感などを聞いて、ものすごくやる気が出た。下の子たちは7時に寝かせるという……私もそうしよう。彼女はアメリカで産んだこともあって、子供たちは小さな頃から自分の部屋に入れてドアを閉めたら自分で寝る、という癖をつけていたそうなので、寝かしつけは必要ないらしい。これ、いい。さすがに7時に寝かせれば、そのまま私も寝入ってしまうことはない気がする。よし、やってみよう。

子供たちを寝かせた後に夫婦で焼肉に行ってしまう話などを聞いて「私たち、もっと体力あるはずだよね」と他のママたちと大いに勇気づけられる。

12月8日（火）

昨日はプリンスを7時半に寝かせた。まずまず。

今日は銀座で買い物。洋服、年末の買い物などを集中してぱぱっと。最後に伊東屋さんでクリスマスカードを買う。

帝国ホテルで母と待ち合わせをしていたので、お茶。

マ「あなたが独身の頃、ここにしょっちゅう来ていた時期があったわよね」

帆「あった……あのときの私と今の私が同じ人だとは思えない。って言うか、もう去年の私とも同じじゃないし」

マ「ママも」

銀座も静かだった。

夜、来学期からアメリカンスクールに行くことになったプリスクールの友達に、プリンスと絵を描く。

12月9日（水）

昨日は7時過ぎにベッドに連れていき、本を2冊読んでしばらくしたら寝た。私は8時前にむっくりと起きて仕事。いいねいいね、この感じ。

プリスクールのクリスマス会に参加したら、予想以上に良かった。こんなにたくさんお楽しみ企画があるとは思わなかった。英語や体操、専科の先生方によるクリスマスクイズなど、よくできている。英語の先生が扮したサンタクロースに、プリンスは「ワー！」とびっくりしつつ、「あれは○○先生だね」と静かにつぶやいていた。

子供たちが歌ったときには、涙が出た。洟が出てもマスクがあると便利、なんて思っていたところに、「ではお母様たちからのご感想を……」で当たってしまい、慌てる。

今日で最後のお友達に、昨日描いた絵を渡す。ママがウルウルしていた。

そうだよね。初めての卒業。新しい門出。

帰って、一息つく。


宅配便の中に夫から私宛の小包があった。開けてみると、手帳だった。こげ茶とオレンジの革張り、金色で名前も入っている。あぁ……先月、小物の色の好みなど聞かれたのはこれか……。

御礼のLINEをしたら、「だって帆帆ちゃん、スケジュール管理がものすごく大変そうだから」とのこと。

そうね、私、スマホでスケジュールを管理するのは好きではないのでずっと手帳を使っているのだけど（しかも数年前までオリジナルの手帳の作成もしていたけど）、今年は適当にその辺のものを使っていたので、見るに見かねて……か？

早速、いろいろ書き込む。手帳に書く作業って楽しいよねーーー。

12月12日（土）

この数日、体調が悪くてしばらく安静にしていた。コロナかな……違うと思う。

熱はずっと37・4度くらい、朝になると36・6度くらい。

昨日の朝、治ったような気がして熱を測ったらまだ37・4度もあったので、「あれ？

おかしいなぁ、体調はすっかりいいんだけど」とつぶやいたら、夫が「あ、その体温計ね、だいたい37・4度になるの（笑）」とか言っている。

「なにそれ？（笑）」

「なんかそういう体温計になっちゃったの」

と言っているので、慌ててもうひとつの方で測ったら36・5度。

そうだよね、今の感じはこのくらいのはず。毎日どっちの体温計で測っていたか覚えてないけど、体調が悪かったときは37度を少し超えているくらいの体感だったので、まぁ、だいたい合っていたということで……。

はぁ、この間に、コバケンさんの第九も行けなかったし、久しぶりの編集者さんと会う約束も延期になったけど、仕方ない。


バチカンのクリスマスツリー点灯式を見て、我が家のクリスマス準備も最後の仕上げをする。

オフィスのツリーは私がテキパキやったのでもう終わったのだけど、自宅の方はどうもね。ちび助が張り切れば張り切るほど、時間がかかるので。

今年はオーナメントを買い足さなかった。これはコロナの影響だろうな。そんな気分にならなくて。ファンクラブのクリスマスパーティーもやらないし、「ここはいっちょ、家で濃密なクリスマスをやろうよ」と夫に言ったら、「それってどういうの？」と聞くので、私の思う濃密なクリスマスを説明した。それは……美味しいものをたっくさん用意して、朝から夜までエンドレスに食べたり飲んだり歌ったり踊ったりして過ごすというもの。

夫「いいけど、誰を呼ぶ？」
私「え？　３人でだよ」
夫「お、いいね！」
　と夫も乗り気。

12月14日（月）

　自分が今まで信じていたこと、「これが絶対にいい」と思っていたことがなくなったら、またはそれに対しての価値観が急に変わった自分に気づいたら、どうなるか……。
　一瞬、世界が崩壊したかのように感じるけれど、その後、実は素晴らしい世界の広がりが待っていたことに気づく。こだわっていたことを脱ぎ捨てた気持ちのいい世界。
　数日前からアマゾンプライムビデオで見ていた「僕らは奇跡でできている」というドラマを見終わった。何これ、ものすごく深くていいドラマ！　私がこれまで自分の本で伝えてきたこと、これからも伝えたいことが詰まっている。それも、自然な日常的な事柄の中に織り込まれていて素晴らしい。

高橋一生主演。初めてこの人をいいと思った。ドラマ「いつかこの恋を思い出してきっと泣いてしまう」のときのパワハラな引っ越し業者など、これまで妙な役が多かったので。でも演技力はすごいなと思っていた。

このドラマの1話を見たときに、プリンスが「これ好き」と言い出して、次の日も「あれ見たい」と言うのでなんとなく続きを見始めた。最近、プリンスの感性の良さをよく感じる。彼の感性を、これからも信頼しよう。

知人の主催しているオーケストラのコンサートを、紀尾井ホールへ聴きに行った。オークラで夫と待ち合わせ。すっかりクリスマスデコレーションだ。

帰ってきたら、プリンスは7時半に寝たらしい。また、ママ、ありがとう。

12月15日（火）

今日も事務的な作業をしている間はずっと「僕らは奇跡でできている」をバックに流している。

致知出版が出している「致知」でのインタビューをまとめた『365人の仕事の教科

書』という本が出た。1日1話、読めば心が熱くなる、という副題。

2月19日に私が載っている。タイトルは「よいことの後に悪いことが起こる3つの理由」だって。ずいぶん前に受けた取材記事、多分20代か30代はじめなので気恥ずかしい。事前の確認と修正の連絡が来たとき、一体何を偉そうに喋ったか、とドキドキして読んだら、やっぱり偉そうなことを喋ってる！

私の前後のラインナップは、2月18日の「トヨタ自動車相談役の張富士夫氏」、20日の「安田不動産顧問の安田弘氏」。他の多くが著名な経営者か、各界で活躍している有名人。これを思うと、当時、私に声をかけてくださった致知出版さんの柔軟な姿勢が感じられる。

唯一「いいね」と思ったのは、当時の私が喋ったことに対して、今でも本当に「その通り！」と感じられたこと。むしろあれから十数年経ち、それなりに人生での経験を経た今、より強く「その通り」と思える。

12月16日（水）

エスター・ヒックスとジェリー・ヒックスの『引き寄せの法則』の本を久しぶりに読み返す。この本はやはり素晴らしい。この手の本はいろいろ読んだけど、この本ほど丁寧でわかりやすく、質問が細部にまで渡っている本はない。

武田双雲くんの伊勢丹新宿での展示会へ行った。

双雲くんの素晴らしいところは、幼少期のような新鮮な感じ方を日々維持しようとしているところ。例えば、朝、目を開けたときに、「見える、感動」「歩ける、感動」「歯を磨ける、素晴らしい」みたいなこと。そんな感動を今でも毎日味わうようにしているんだって。それって結局、すべてに感謝をするということ。今の私にはこれが響く。

それにしても双雲くんは相変わらず、超無邪気。その彼に、「帆帆子さんって本当に無邪気だよね」とか言われると、クラッとする。

12月18日(金)

最近のプリンスの好きな遊びは、リビングに自分の部屋を作ること。椅子や毛布や台所用品などで居心地のいい空間を作り、自分の部屋からぬいぐるみを運んでちんまりと座らせ、「いらっしゃいませーー、お入りください」などとつぶやいている。

たまに台所の道具が見つからないときは、ここにあるということがわかった。

それからお歳暮作り。小さな箱に自分の好きなものを詰め合わせて、「お歳暮です」とか言って、持ってくる。この時期、よく届くからね……。

来年春に対談講演をする向井ゆきちゃんと主催者の福本真美さんと打ち合わせ。

福本さんの主催する講演会はこれで3回目。今回もとても楽しみ。

12月20日（日）

昨日は動物園に行って、今日は「STAND BY ME ドラえもん2」を見に行った。泣いた。おばあちゃんが、のび太のことを「そのままでいい、生きているだけでいい」と言ったセリフに。存在の丸ごと肯定。

これに近い涙、最近どこかで流したな、と思ったら「僕らは奇跡でできている」だった。

12月21日（月）

先週申し込んだふるさと納税の住所を変更するために、朝一番でいろんな県の市役所に電話する。私が間違えて、住民票に記載されている住所を登録せずに、同じ区内だけど別の住所で寄付してしまったので、その変更。

どれも結果的にはその電話で変更できたけど、人によって対応というのは本当に違うものだな、と笑える。

そしてこういうとき、私の本名が「帆帆子」というのは結構不便。電話口で「あ、帆帆子さんって……読んでいます（笑）」とか思わず言ってくださるどこかの県の市役所の方などいらっしゃるので。そして、その市に寄付している金額がわずかで、返礼品がトイレットペーパー90ロール、とかだったりすると、ムーン……と思う。本人確認などなかったので、別の人がかけても良かったな、と後から思ったり……。

「note」の「未来ラジオ」、毎月2、3本更新している。今回のは「『今どん底』と思う状況を好転させていく方法」。

12月23日（水）

10時、開くのを待ってデパートへ。クリスマス用のラッピング用紙を買って、地下でローストチキンを買う。

チキン、今年は買うことにしたの。このお店は1～2人用、3～4人用、7～10人用、それ以上のサイズまであるのでとてもいい。それからイチゴと生クリーム、ケーキのデコレーションに良さそうなマカロンとチョコレートの飾りを買う。今年はプリンスの要望でケーキは手作りとなった。

スプレー缶で生クリームが出てくるタイプのものが見つからないので、店員の男性に聞いたら、ちょっと探して「ないです」と言われた。お菓子関係の材料が豊富なところなので、ないはずないと思うけど、と今度は女性の店員さんに聞いたら、あった。最近、人によって「対応」というのは本当に違うんだな、ということを感じることが多い。だからこそ、そのときの自分にぴったりの人と当たるのだろう。

12月24日（木）

「今日だよーーーー」というプリンスの声で目が覚めた。クリスマスイヴ。

朝食の後、まずクッキーを焼く。バタークッキーにお砂糖飾りのトッピングをして、これでサンタさんへのお菓子は準備完了。

その後プリンスは、トナカイのヘアバンドを付け、クリスマスソングに合わせて踊り続けていた。

夜は、私の親と弟夫婦とプリンスと夫で、クリスマスディナーへ。六本木ヒルズの電飾を見る渋滞にハマったとかで、弟夫婦は遅刻。そうか……みんな車の中から見ようとするんだね。せめて、今年最後くらい外に出たいよね。

今年のディナーは、途中で庭園の奥からサンタとトナカイが降りてきた。寒いだろうに、なかなかの演出。プリンスも見入っている。

プレゼントをいっぱいもらった。

9時過ぎにサンタさんへのクッキーとミルクを並べてやっとプリンスが寝てから、夫とプレゼントを仕込む。一番小さなトラクターのおもちゃを、ベッドに吊るした大きな靴下に入れて、あとはテーブルの上やツリーの下に分ける。

そして私がクッキーを食べてミルクを飲み干す。

あとは大人の時間だ。「カロンセギュール」を開ける。

12月25日（金）

朝、プリンスは目が覚めた途端、足元に吊るしてある靴下からプレゼントを引っ張り出した。そして「あ、クッキー」と急いでリビングに走り、たくさんのプレゼントを見つけてる。

「でも、クッキー、残ってる」と。……そうか、少しは残しておく方がリアルかと思って最後の1枚はちょっとかじって残したんだけど、全部なくなっている方がいいんだね、来年は全部食べよう。

トミカの「ぐるぐるシュート!!DXトミカパーキング」を開けて、ピタゴラスパズルを開けて、トラクターのおもちゃを開けている。

「ぐるぐるシュート!!DXトミカパーキング」の組み立て、結構難しい。そしてこのトラクターの部品も……なんて小さいパーツなんだろう。でも、どちらの説明書もとてもよくできている。文章だったら「カチッと音が出るように3箇所を奥まで差し込む」と書くようなところが、絵のところに「カチッ、カチッ、カチッ」と書いてあって工夫が感じられた。この複雑な組み立てが1枚で収まっているし。

一通り作ってからケーキを焼く……ではなく、買ってきたスポンジケーキにデコレーションをする。クッキーの残りやマカロン、イチゴやチョコレートのお菓子で飾り付けた。3段のスポンジケーキにイチゴもたっぷり入っているので素晴らしく美味しい。

午後から野菜のオーブン焼きを作った。じゃがいも、サツマイモ、人参、玉ねぎ、ブロッコリー、マッシュルーム、パプリカ、ナスなどを切ってオリーブオイルを絡め、バジルと岩塩と胡椒をふってオーブンへ。大人にはコンソメスープ、プリンスにはコーンスープ。パンは今年も友人から届いた「パネトネ」。

夫の帰りに合わせてチキンを温めて……乾杯。

あぁ、幸せ!! この瞬間のために生きている、というほどの幸せ。

12月26日（土）

クリスマスが終わって、一気に年末感が漂ってきた。夫はゴルフ。

6時半から仕事をしていたら7時にプリンスが起きてきて、弟夫婦にもらったサッカーゴールを組み立てたい、と言うので組み立てたんだけど……これがまた結構難しい。

なんとか組み立てて、しばらく一緒に遊ぶ。それからやっと朝食。

また9時から仕事をして、お昼にチャーハンを作る。

午後、プリンスはおばあちゃまと公園に出かけたので、そこからまた集中して仕事。


夕方、帰ってくるの、遅いなあと思っていたら、二人で焼肉屋さんに行ったんだって。「えー？ だってプリンス、お昼食べたよ？」と言ったら、「ボクのチャーハン、おばあちゃまが食べちゃったし、とか言われちゃったものだから、お肉を食べに行ったのよ（笑）」とか言っていた。「もうお腹いっぱい」と言ったプリンスの残りをおばあちゃまが食べたんだけど、あれか……。

この二人組、実はちょこちょこ焼肉に行っているらしい。

12月27日（日）

8時半頃にみんな一緒に起きる。

「なんか空がキラキラしているねぇ」とプリンス。

今日は大掃除だ。ソファのカバーや、リビングのカーテンを洗う。ルンバの部品を新しくしたら、とても吸い込みが良くなった。回転するブラシも、びっくりするほど勢いよく回っている。

夫とプリンスはバスルームの掃除。年末の大掃除を楽しみにしていたけど、今年は家にいる時間が長くてちょこちょこやっていたから、ほとんど汚れていない。

お昼になったのでいつものお店にサンドイッチとシーザーサラダをオーダーしたら、すぐに家のドアフォンが鳴った。「え、もう？　早くない？」と出ると、お店の若い男の子が「シーザーサラダのベーコンのブロックを切らしていて、薄いベーコンならできるんですけど、それで良いでしょうか？」と聞きに来てくれた。そうか、あれはあのベーコンが美味しいからね。もちろん、今日は薄いベーコンで問題なし。

「うち、電話番号知らせてなかったね」

「番号表示が出ない電話機なんだよ、きっと」

とか話しているうちに、来た。

食べたら眠くなってウトウトする。

夜は蟹鍋の予定。

12月28日（月）

なんだか、気持ちが晴れない。

「全てが混沌としている」と夫に言ったら、「与作」の歌のメロディーで、「コントントーン」と歌ってた……フッ（笑）。

神社に今年の古いお札を出しに行って、新年のお札を予約してからお参りをする。

帰ってきて、材料が余っているのでまたケーキを作った。

プリンスも毎日家だと退屈だろうなと思うけど、寒いしコロナなので敢えて出かけなくてもいいよね……。4月と5月の緊急事態宣言中は、よく2ヶ月も家にこもれていたなあと思う。それもすごく楽しく。今は、あのときと同じ感覚にはなれない。

干支の置物を出したり、しめ飾りや鏡餅など、お正月に必要なものを飾る。

12月29日（火）

テレビをつけたら、今年大ブレイクした「香水」という歌を歌っている瑛人という人が出ていた。

「香水」という歌、そもそもよく知らないけれど、聞いても「あ、聞いたことある！」という感覚にならない。ブレイクした経緯は、「TikTok」だという。TikTokで流したら、それをいろんなタレントが真似してYouTubeに配信したことが続いてビッグヒット。そういう時代か……。

昔のヒット曲は、それを詳しく知らなくても、聞くと「あぁ、聞いたことある」となったものだよね。その1年、ドラマやCMに使われたりしてどこかで耳に入ってきていた。それが、こんなにヒットしていたらしいのに、私はネットをほとんど見ていないので全く知らないわけだ。つまり、自分で進んでそれを聞かなければ、耳に入ってこないようになったということ……それ、いいね！　選ばれた情報を勝手に流されて、いつの間にか耳に入って洗脳されるような時代は終わりつつある、ということかな。

でも、この「香水」という曲はとてもいい。そしてこの瑛人さんという人も、天然で面白い。紅白歌合戦のリハーサルのときに、「僕はどっちの組ですか？」とか舞台裏で聞いたという（笑）。

12月30日（水）

雨。朝食後、夫とプリンスは穴八幡宮に「一陽来復」のお札を取りに行った。今年は人数が規制されているので、それほど混んでいなかった様子。

私は休憩。今年は家にいる時間が長かったし12月は体調の悪い日が多かったので、横になる癖がついた気がする。横になっている時間が増えると筋力が落ちて疲れやすくなる。あぁ、こうして体というのは弱っていくのか、とリアルに感じた。

来年のテーマのひとつは健康。体力をつけて流れを良くすること。

午前中、お節が届いた。

お昼を食べながら、ふと思いついたこれからの私の仕事について夫にアツク語った。話しているうちにどんどん元気になって、気分が華やぐ。これよ、これ。私は結局、仕事のことを考えているのが好き。

この間も書いたけど、この半年は、このワクワクした感覚から遠く離れていた。子供のことだけに時間を割くことが「子供のことを考えている」ということではなかった、と気づく。より良い状態で子供と接するためにも、母親の状態を整えておくこと、これが大事。そして私の場合は、仕事をしていると心が整う。まず、自分を整える。

12月31日（木）

夜は小山薫堂さんと夫の友人がプロデュースしている会員制レストランから届いたクレソン鍋。すごい量の山椒と唐辛子の入ったスープが、ジップロックに密閉されて届いた。豚は「十勝の森」の「どろぶた」。放牧育ちと書いてある。

美味しい！！！　豚肉には脂がギッチリついているけど、山椒と混ざってちっともしつこくなく、ほんの少しでお腹が膨れる。プリンスにはハンバーグといくらご飯、野菜の蒸し煮という別メニュー。

今年のはじめに書いた「今年やりたいこと100」を読み返してみたら、夫はその7割ほどかなっているという。ちょっと見せてもらったら……ホントだ。

面白いのは、大して思い入れもなく、ふと思いついてパッと書いたことが意外と簡単にかなっていること。あとは、私が自分のリストに書いていたことなのに、夫が自分のリストに書いていたことをしたことによって私の方がかなった、というのもあった。絡み合っている。

7時頃に年越し蕎麦の第一弾を作り、紅白歌合戦を見る。

今年の紅白は楽しめた。最近、歌以外のパフォーマンスが長くて見なくなってきていたけど、今年は歌と歌い手にきちんとフォーカスされていたから。これも、本来の形に戻って良かったことのひとつかも。

8時頃に一度寝たプリンスが起きてきた。紅白ではちょうどミッキーたちが歌っているところ。「何これーーー、みんな今歌ってるの？」と興奮している。

アメリカで大ブレイクしている女の子のロックバンド「BABYMETAL」というのも初めて見た。「NiziU」というのも初めて知った。「Perfume」は知っていたけど、初めてちゃんと見た。みんな動きが機敏でかっこいい。

その中でも「NiziU」はキレが全然違う。「揃いかたがすごいよね」と夫も。韓国でオーディションを受けて韓国で合宿していたという。こうやって見ていると、いつも必ず目がいく女の子っているよね。私の好みだからなのか、その子がうまいからなのかわからないけど。

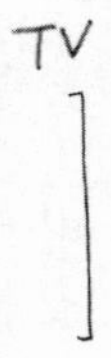

「あぁ、今年はなんかすごくいいことがありそうな気がする」と言ったら、「あと1時間で終わるけど（笑）」と夫に言われた。もう！　来年のことよ！

来年は本当にいいことがありそうな気がする。なんでだろう。

今年の「一陽来復」のお札を貼る方位を確認。00：00の瞬間に夫がペタッと貼り付けた。今年はプリンスも一緒にカウントダウンできた。

私の大好きな「ゆく年くる年」も見られた。コロナの1年、さようなら。

2021年 1月1日(金)

9時に起きる。お節を準備して、10時にみんなで新年の挨拶をする。

お神酒を飲んで、お節をいただいて、お雑煮を作る。

今年は本当にすごくいいことがありそうな気がしている。

今の私の心に浮かんでいるのは「始」と「楽」という言葉。すべてを「楽」の上に進めたい。選ぶ基準をすべて、気持ちが楽な方へ。仕事でも新しいことを始める予定だし。そして、ブレないこと。これまで以上に淡々と自分のペースで進みたい。

近くの神社に初詣へ行く。ここはとてもとても小さい神社なので、案の定、私たちの他に2組しかいなかった、人混み、ゼロ。とても良かった。近所を散歩して帰る。

1月2日(土)

朝はお雑煮。今年はコロナのために、双方の実家に行くのもなしになった。まぁ、みんな近くにいるので、今わざわざ集まらなくてもね。

ママさんからLINEあり。

「○○神社からお寿司が届いているから、時間あったら寄ってちょうだい」とのこと。

私「……ねぇ、神社からお寿司って届くもの?」

夫「氏子さんへのサービスかな」

私「でも、初めてじゃない？」

なんて話しながら実家に行ってみると……ママー、これはさぁ……（笑）。

私「ねぇ、ここ、なんて読める？　神社から生物のお寿司は来ないから……ちょっと考えて」

マ「お礼！」

私「惜しい！！！」

マ「……あ、お札だわ――――！！！」

と一同、爆笑。「お札」という字が、確かに「おすし」に見えるけど……ねぇ。

「他にもたくさん食材が届いたから間違えちゃったのよーー」とか何とか言っていたけど。

夕方、恒例の書き初めをする。

まず、夫が書いた見本の「うし」を真似してプリンスが「うし」と書く。夫は「超越」と「泰然」、私は「楽に」を篆書体（てんしょたい）で書く。それから「一点を見つめて突き進む」みたいな四字熟語はないかなと調べて「一意専心」にしようかと思ったのだけど、篆書体があまり好きな形ではなかったので、「突き抜ける」と「始」と書いた。プリンスの書いた、みんなの顔と焼き芋の絵も良かった。

夜はすき焼き。弟夫婦が来るはずだったけど、第1子を妊娠中の奥さんの様子を見て、来ないことになった。4月に生まれる予定。

プリンスは夕食後も書き初めの続きをして、お風呂から出ても描き続け、やっと寝る。

1月3日(日)

「今年やりたいこと100」を書く。具体的に想像の翼を広げて。

1月7日(木)

午前中は、SHIGETAのCHICOちゃんの「Spring Step」という媒体の撮影がある。去年、取材だけ先に受けて、撮影が今日になった。

オフィスに来てくださったフォトグラファーのMさん、とてもとても素敵な人だった。

撮影の後、ゆっくりお喋り。お互いの身近にいるアーティストの話など、楽しかった。

そして夕方から、月刊誌「致知」の取材を受ける。

こちらも心温まる取材だった。私の話がきちんと届いている感があり、話しながら私も癒された。人に話すって、自分に向かって話しているよね。

私が初めてこの雑誌に出たのは25歳のときだったらしい。当時のバックナンバーのコピーを持ってきてくださった。そして副編集長のFさんがこんなことを。

「昔、うちが主催した講演会に浅見さんに出てもらった。僕は当時学生のアルバイトとしてその講演会を手伝っていた。この講演会は、毎回それほど参加者が多いわけではないのに、浅見さんのときだけ400名が一気に集まって、ほとんどが若い女性ですごいなーと思ったことをよく覚えている。で、そのとき中学生で、新潟からお母さんと一緒にその講演を聞きにきた女の子が、今、うちの入社数年目の社員として働いているんですよ!!」という話。

温かい気持ちになった。この感覚になるために今日の取材があったと思うほど。

1月8日(金)

今日からプリンスのプリスクールが始まった。

久しぶりなのでバタバタしてしまった。

帰りは寒空の下、公園で1時間ほど遊んで帰る。

夕方、プリンスは久しぶりに疲れたようで、夕食の途中にこっくりこっくりし出した。

私も、疲れた。

1月9日（土）

緊急事態宣言で、夜の8時以降は外出自粛となった。

「えんとつ町のプペル」を観に行く。

へぇ……キングコングの西野さんは、こういう思いを抱えながら生きてきたんだね。自分を縛り付けている見えない鎖、思い込みの枠、やる前から諦めてしまう癖、そして目立つと叩かれる日本の風潮、など、西野さんが体験したこと、自分への、そして若者へのメッセージを思って、泣けた。特にエンディングの歌。ヴォーカルの歌い方も良かった。

帰りに「エストネーション」で友人たちへのプレゼントにルームフレグランスを4つ買う。

1月14日（木）

今日は少し暖かいらしい。午後の用事に備えて頑張ろうかと思ったけど、今年の私のテーマは「楽に」だったことを思い出して、ほどほどでいいということにした。するととても楽になった。

夜、友人たちが集まって一足早く私の誕生日をお祝いしてくれた。

ひとりが最近見たというUFOの話をじっくりと聞く。

UFOとか宇宙人はいると思うけど、私たちの前に現れる意味はなんだろう。高度な知的生命体だと思うので、何かはっきりしたメッセージがあるのかと思うけど、たいていそうでもないし……。

1月17日(日)

今日は、午後から友人と一緒にKちゃんの家へ遊びに行く。プリンスはお留守番。

素敵な日本家屋だった……外観がビルだけど、中は日本家屋のようにしつらえられている。庭にある石像や灯籠(とうろう)、いたるところにある工芸品や古びた調度品など、彼女の優雅な隠遁(いんとん)生活にぴったり。

彼女はとても面白い人生を歩んでいる。ご主人が亡くなった後のこの住まいは、彼女のイメージそのもの。職業、暮らしぶり、年齢、不詳……謎と魅力に包まれた、我が友。

3人で一気に深みまで潜り、しみじみと話す。この落ち着き、それぞれの事柄への造詣の深さと表現力……ここにマイクがあったらそのままユーチューブに出せるよね、とか思う。日本家屋で語り合う各人の人生について。

いろいろ話したけど、私に向けた本日のメッセージは「その戦い、舞台から降りていいいよ」というのと、「それは帆帆ちゃん、欲深すぎる」というものだった。
「ちょっと！（笑）欲深いって言葉、人から初めて言われたーーー」と大爆笑。

何が欲深いかって、私は今、あまり美味しくて手の込んだ料理を夫に出していないので、今日、このKちゃんがふるまってくれたように「手の込んだものをたまには出してあげなくちゃいけないな、と思う」と言ったら、「それは帆帆ちゃん、欲深いよ」と言われたのだ。
「仕事して、子育てして、女性としての外見も維持して、それでその上で美味しい食事も作ろうって思うのは欲深いよ」ということ。面白いね。私は、満足に家事をしていな

い罪悪感の観点から言ったのに、そんなにあっちもこっちも完璧にしようとしなくていい、という見方もあるのだ。気楽な気持ちになった。

帰ったら、プリンスは寝ていた。

昼間、夫がプリンスと公園に行ったときの動画を見せてもらったら、プリンスが小学校高学年くらいのお兄さん達と遊んでいる姿が映っていた。それも、プリンスが中心になっている場面がたくさんある。お兄さん達、優しい……。ルールを教えてくれたり、みんなより走るのが遅いプリンスをかばいながら走ってくれたり、みんなで抱っこしてくれたりして。

「来週もこの時間に来るから」とか言われてる。なんか、かっこいい。

1月18日（月）

昨日の友人宅のことを思い出す。あの家の重厚さや雰囲気は、歴史があるからこそ出せるものだ。先代のご両親たちの好みやセンスが時間と共に積み重なっているからこその空間。だから、そこで使われていた食器ひとつとっても、とてもいい感じに重みがあった。

食後に使った、こっくりと厚みのあるカフェオレボウルを思い出すだけで和む。モノから伝わるエネルギー。好きなモノに囲まれる幸せ。
昨年末からやっと少し創作意欲が戻ってきたので、これから少しずつ、いろんなことを進めたい。ドリームカードの続きとか、ゆっくり本にしたいものもいくつかあるし、アミリの新作作成や、HPもリニューアルしたい。
焦らず、日々の楽しみのようなつもりで進めよう。

一気にワープして…

3月20日（土）
今、3月半ば、軽井沢にいる。
なんと、1月からの日記をパソコン内の別ファイルに保存していたはずが、うまくできていなくて消えてしまった。
「キャーーー!!」と思ったけど（実際に叫んだ）、この時期の日記は必要なかったのかも、とすぐに思う。私はこういうときの切り替えは早い。

消えた日記の期間中にあった面白かったことは、向井ゆきちゃんと対談講演をしたこと。

お金にまつわる話。1000名近くが集まり楽しく話して終わった。……で、次の日、ゆきちゃんのYouTubeを見てみたら、前日の彼女と別人のようだったのでウケた。

講演のときは大人しく控え目で基本的に私主導だったけど、本当のキャラは全然違うじゃん……良い意味で、押しの強いエレガントギャル。良い意味で、ですよ!!

総じて、頭のいい人だな、と思った。考えて、その状態、見せ方をしていたのだろう。私の本を長いこと読んでくれていたというし……。私を立てるために、そうしてくれていたのかもしれない。

打ち上げのときにも、他の人には見えにくい私の仕事の立ち位置について、絶妙にいいことを言っていて「頭いいな」と何度も思った。また会いたいなと思う。

他にこの期間にあった大きなことは、YouTubeを始めたこと。

2月の半ば頃に「やろう」と突然決めて、コツコツと自分で調べ始めた。「YouTube、はじめて、どうやるの?」とグーグルで検索して。

昨年始めた「note」に続き、これもまた完全に自分で調べてみたことだ。自分でやると、本当に身につく。実体験の素晴らしさ。全部人に教えてもらうのはダメね。結局、管理や運営含め人まかせになって、愛情を注ぐ感じから遠ざかってしまう。いずれは任せる部分ができるとしても、すべての仕組みを知った上でやらないと、ね。

2日に1回更新していて、今3本アップしたところ。

自分のチャンネルを大事に育てていこう。


そして、この期間にものすごく大きな決断もした。

目先にあるメリットや体裁ではなく、本当に必要なことを考えて、ある大きな決断をしたのだ。頭で考える選択ではなく、心の感覚を優先した選択。私は迷ったときには「心の感覚を優先する選択」に慣れているし、いつもそれで間違いはなかったという結果になるのだけど、この数ヶ月、珍しく、頭で考えた方へ流れそうになっていた。

そしてこの2ヶ月ほど、わからなくなったのでしばらくほうっておいた結果、やはり、心で感じる方を選択したのだ。わからなくなったときこそ、自分の感覚を信頼する。ここぞ！　だと思う。そして、「これで良かった」と思えば必ずそういう展開をしていくはずなので、そこにも期待。

3月21日（日）

最近、自分が始めたこともあって、人のYouTubeを見るようになった。

私が大好きなのは渡辺直美さん。今日もYouTubeのライブ配信のアーカイブを見て、彼女はやっぱりすごいなと思う。

先週報道された、オリンピックの女性蔑視問題についてきちんと自分の意見を話されていたけど、私がいいな、と思ったのはそれではなく、ニューヨークに行くようになるまでのこの数年の話。

行くと決めてから、現地での生活や、仕事（活動）の拠点作りをほとんど自分の力でやっている。現地での所属事務所を探すところから、仕事のオーディション、未来の可能性を探るための日々の努力……このエネルギーがなくちゃね。

ニューヨークに根を下ろすために、その前の年は、自分の仕事のスケジュールを考えて、1週間は日本で次の1週間をニューヨーク、という過ごし方を1年間やったらしい。自分で決めて1年間やったというところ、そこから現地でエージェントを見つけるまでの様々な試み、ステップを淡々と実行する様子など、ブラボー。私、ほんと、こういう話、好き。

夜は外食。美味しいお惣菜がたくさんある、シャモ鍋が美味しいところ。ここは昔、できてすぐの頃に父や母と来たけど、久しぶりに来ても美味しかった。金柑と砂肝と蒟蒻の煮物と、パクチーサラダが絶品。ママさんはマグロのとろろ芋、プリンスは鰆のコンフィレモンバター風味、夫はタラの芽の天ぷらが一番だったたって。

一足先に東京に帰る夫を駅に送る。

3月22日（月）

そうそう、日記が消えた期間にもうひとつはっきりしたのが、第2子への考え方。

2人目を作るのはやめにしたのだ。去年の夏くらい？ までは2人目がいてもいいと思っていたけど、だんだん気持ちが薄れ……、途中から「やっぱり2人目もいた方がいいかな」とか「いた方がプリンスが喜ぶよね」なんて、「ほしい理由」を一生懸命探している自分に気づいたのだ。どっちがいいか、ではなく、どうしたいか、だよね。

そしてこの数週間、よーく自分の本音と向き合ってみると、「私、ほしくない……（笑）」と思っていることに気づいた。正直に言おう、ひとりで十分。

そしてそう思った途端、これから先にやろうと思っている仕事や未来の計画、プリンスと夫との3人の生活が急にパーッとひらけて明るく楽しいものに感じられたのだ。その感覚を夫としみじみ話して、すっかり心が決まった。


さて、プリンスは今日も庭仕事。

たまに「バーバーー、これはどこに運ぶのー？」なんて声が外から聞こえる。

バーバを手伝いながら、「バーバも大変だねぇ」とか言ってる声も。

義理の母が、白内障の手術で今日入院するので、プリンスとお見舞いの動画を撮った。

3月23日（火）

軽井沢に欲しいなと思っているソファがある。

それに続けて、去年から思っているミニ改装もしたい。

こういうことも、子供をもうひとり作ることを前提にしていたときは、できなかった。

「これから大変なことがもう1回あるから、それが終わってからにしよう、全部おあずけ」みたいな ね。あぁ、よかった。

3月24日（水）

夜中にまた直美さんのYouTubeを見ていて、ハッとすることがあった。

彼女のお母さんの話とか、すごいね（笑）。

全部ひっくるめて、彼女のエネルギーに刺激を受けている今日この頃。


先週から、YouTubeに私のママとの会話を載せている。ママさん……読者の皆様からの要望が多いから、というのもあるけど、これを機会に私がママとゆっくり話をしたい。前は毎日のように喋っていたけど、ここしばらく頻度が減ったので。

これがまた面白いのだけど、昨年、私が本来の自分の世界から遠ざかったことと比例して、ママさんとの会話も減ったのだ。精神的な探究、この世の仕組みの神秘、その手のことを深めるのに、私にとって母ほど最適な人はいない。これは多分、今後もそう。

3月28日（日）

東京に戻り、ファンクラブの皆さんと瞑想セミナーをしている。

今日は2日目。

私がインドで受けた（体験した）瞑想は、自分だけのマントラをいただくという瞑想。そのマントラによって、より深く瞑想状態に入ることができる。

早く「瞑想をせずにはいられない」というほど、自分のものになるといいな。

外はチューリップが満開。「春だねーー」とプリンス。

3月29日（月）

朝のひらめきの時間帯に、「今、気になることが何にもないっ！」とか元気につぶやいて起きた。昨日、瞑想セミナーの参加者の一人が、「瞑想を始めたら、悩みが何にもなくなったんです！　これ、結構私には珍しいことで」と話していたのを思い出す。

ダイジョーブタチームと打ち合わせ。

今は、ダイジョーブタがアニメ化するときの世界観を設定している。登場人物の背景とか。それからダイジョーブタのLINEスタンプ。第一弾は4月に出る予定。

お風呂で、「○○はママの宝物だよ」とプリンスに言ったら、「違うよ、ママがボクの宝物なんだよ」と言われた。

「違うよ」と「ママが」の部分を強調して抑揚をつけて話すところとか、大人っぽい。

3月30日（火）

この数週間、NHK大河ドラマの「青天を衝け」を見ている。今の日本を作った偉人のひとり、渋沢栄一の物語。

今日はすごくいい場面から始まった。お千代を栄一と喜作が取り合う場面。自分を欲しがっている男性二人が剣で勝負をするだなんて、「ツカァーーいいなぁーー」と言ったら、「パパとボクみたいだね」と夫とプリンスが言っている。フフフ。

恋愛からの結婚……あの感じ、いいよねぇ。

YouTubeを始めたという告知をした。

考えてみると、プリンスが生まれた頃に比べて格段に仕事の量が増えている。あの頃は「引き寄せを体験する学校」も「アメブロ」も「まぐまぐ」もしていなかったのに、今はそこに加えて「note」や「YouTube」までやっちゃって。慣れってすごいなとも怖いなとも思うし、時間の感覚は収縮するとつくづく思う。

今年はYouTubeをやると決めたので、徹底的にやろう。

3月31日（水）

なんだか、また太った気がする。特に下半身。運動していないよね。

今年に入って見たネットフリックスで面白かったのは、「クイーンズ・ギャンビット」と「モナルカ」。「クイーンズ～」は、児童養護施設の出身でチェスの世界で勝ち上がっていく女の子の話。この時代の衣装がもう……。「モナルカ」はメキシコの麻薬カルテル一族の話。「テキーラ」というのは「テキーラ」という地域で作られているお酒だとは知らなかった。

そして今見ているのが、私の好みに合わせてAIが選択して「こちらもオススメ」に出てきた「クイーン・オブ・ザ・サウス」。これも麻薬カルテルのトップになっていく女性の話。麻薬を飲み込んで税関を通過してから吐き出す、とか、それが間に合わなくて体内で爆発して死んだので、お腹を掻き切って取り出すとか、ゾッとする場面も多い。うーん……やめようかと思ったけど、ここからどうやって組織のトップに……とか思い、すでにハマってる。

麻薬って、本当に悪の温床じゃないかな。日本は麻薬からも宗教的な争いからも遠いところにあって、幸せだ。イスラム過激派や麻薬組織などから見れば、日本などに潜り込んでもなんのメリットもないのだろう。そこから先の展開がゼロ。地下で他国とつながっていることもない（だろう）し。それが日本を救っている。

一方、最近プリンスが見ているのは、「犬と私の10の約束」という映画。お母さんが早くに死んでしまって、そこから犬と一緒に大きくなっていく女の子の話。お母さんが癌で死んでしまう設定だから大丈夫かな？　と思っていたけど、まだ「死」というものをわかっていないからか、悲しく描かれていないからか、平気なようで繰り返して見ている。

今日も見ているので、「お母さんが死んじゃう場面はもう過ぎた？」というのをなんて言えばいいか迷って、「お母さんは？」と聞いたら「あぁ、さっき死んだ」と言われた。

4月1日（木）

友人が開いているモロッコカーペットの展示会に行ってきた。

あるある！　一点ものの個性的な柄！　今、軽井沢をミニリフォーム中なので中くらいのサイズのものを2枚と、3メートル×4メートルくらいのものを1枚、買う。

終わって、友人の仕事ぶりを見ながらランチ。プリンスは友人の作業を手伝っている。

「こっちに運ぼうか？」とかなんとか。

4月4日（日）

来週からプリンスの幼稚園が始まるので、今日は実家に行ってからプリンスの髪の毛を切りに行く予定。

プ「まず切ってから見せに行った方がいいと思うよ」

私「予約の時間があるから、先におじいちゃまたちじゃないと間に合わない」

プ「じゃあ急いで切ってもらえばいいじゃない」

私「でも予約は夕方だから〜」

というやりとりをしばらく繰り返す。

実家に着いてすぐ、ジージを誘ってテラスに出るプリンス。ふたり分の飲み物を持って。

私と母は部屋の中。

母「ふたりで何を話しているのかしら」

私「まぁ、ふたりの世界よ」

母「どっちが付き合ってあげているのかわからないわね」

夕方、プリンスを初めて私のヘアサロンへ連れていった。黙ってじっと鏡を見ているので緊張しているのかと思いきや、「ここをもう少し切った方がいいんじゃない?」と注文している。

やっぱりさ、ママが切るのとは違うもんだね（笑）。かっこよくなってるわ……。

4月8日（木）

プリンスの幼稚園が始まった。

マスクをつけているので、子供も親も、顔がよくわからない……。

隣の席になったお母様と二言、三言話す。

入り口で、プリスクールで一緒だった子やそのママたちと写真を撮る。

新しい環境で新しい刺激を受けたい。プリンス自身が楽しければ何より。

4月12日（月）

幼稚園……まだしばらくは、あずけて2時間弱でお迎えなので、その間近くのカフェでお母様たちとお茶をする。

4月13日（火）

幼稚園……先生は、優しくて穏やかな女の先生。すごくお若いんじゃないかな。よく、マスクをとったら意外と同世代みたいなことがあるけど、それもないと思う。

4月14日（水）

お迎えの時間が30分延びた。お帰りの時間になると、外のベンチが並んでいるところまで先生が連れてくる。ゾロゾロと、神妙な顔の子供たち、まだみんな静か。

4月16日（金）

今日からプリンスの送迎がドライブスルーになる。車に乗ったまま子供を受け取ってもらい、帰りも乗せてくれる。入り口付近にいる先生が、こちらがダッシュボードに出すカードを見て「次は○○君です」と向こうにいる先生と子供たちに無線で知らせるこの仕組み、よくできている。

送迎は楽しい。プリンスの成長や、当たり前に思っている「今」にある幸せを考えると、嬉しい気持ちがグッと大きくなる。

4月18日（日）

週末、昨日は雨だったけど今日は快晴。夫はゴルフ。

私とプリンスのまったりな1日の始まり。

というのも、毎日続けて幼稚園に通って疲れたのか、プリンスがちょっと熱を出したので、今日はゆっくりしようと思う。昨日、私が友人とランチに出るときも「行ってらっしゃーい……でもボクは寝てる」なんて、自分をアピールしていた。「ちょっとだるいんだよね」なんて、どんどん言葉を覚えているし。

チーちゃんからＬＩＮＥが来て、今年も採れたての竹の子を持ってきてくれることになった。ちょうど昨日、「チーちゃん、どうしているかな」とプリンスが突然言い出して絵を描いたところだったので、ちょうどいい。

なんか……停滞している。パッとしないこの数ヶ月。

極端なことを言えば「私の人生このままでいいのか？ これでいいのか？」くらいのモヤモヤした気持ちがしばらく続いている。結構長い。かと言って、やりたいことがあるわけでもない。YouTubeは楽しいけれど、なんかこう、もっと根源的に変わりたい。大きく成長したい。変化したい。何かないのか!!

4月20日（火）

ママ友３人で、「オークドア」でランチ。今日は暖かい……暑いほど。けやき坂の緑がキラキラしている。テラス席の人たちも、半袖。

ランチの途中、びっくりな人に声をかけられた。先週、数年ぶりに電話で話した人。「やっぱり、お互い、引いちゃうんだね（笑）」とか言い合って別れたけど、内心ゾッとした。なんか、最近、私、引く力が強くなっている……。

いや、正確には「この感覚が戻ってきた」という感じかな。正直言って、昔はこうだったけど、この数年ちょっと鈍っていたと思う。鈍っていたというのは、その力が弱まっていたということではなくて、自分の望むものがはっきりしていなかったから、「自分の意識が周りに起こる物事を引き寄せている」ということを感じられていなかった。自分がブレていると、その繋がりを感じることができない。世界と切り離されている感じ。

少し、戻ってきた。

コロナの蔓延(まんえん)によって、ライフスタイルが柔軟に変わってきている。例えば在宅勤務になったことで出社時間が減り、都内の社屋に通う必要が減ったので郊外に転居する人も多い。それによって、自分が求めていたライフスタイルができるようになったりもする。

地方に住んで、仕事はオンラインで1週間に数日、残りの日々は家族や、趣味と学びの時間、というスタイルでも十分にやっていけるようになるんじゃないかな。

それが良いということじゃなくて、「それを望む人はその形を選択できる」という柔軟な社会へ。

午後、プリンスをお迎えに行ってから散歩に出る。

「あ、小鳥!!」と言ってプリンスが走り出したので、ハッとして後を追う。もしや……と思いながらパッと角を曲がったら、なんと黄色の小鳥!!

実は昨日、引き寄せの法則を久しぶりに試そうと思い、「今から24時間以内に黄色い鳥を見る」と宇宙にオーダーしたのだ。オーダーしたことを忘れていたのだけど、本当に見た。嬉しい。この感覚、久しぶり。

実はその前の日に、「24時間以内にオレンジとピンクの色の車を見る」と宇宙にオーダーしていた。普通の色の車では、引き寄せの効果を感じにくいので。

そのド派手な色の車が昨日、私の車の前に割り込んできたときは目がまん丸になった。

そこで第二弾の実験として鳥にしたのだ。

4月21日（水）

昨日の黄色い鳥のことを思うと、心がポッと明るくなる。自分の意識の力がきちんと働いていることを感じられて。

こういう実験、昔はいつもしていた。ほんと、この1年ほど、忘れていた。

そしてそれはコロナのせいではない。もう何度も書いているけど、子供をめぐる世界に埋没して遠ざかってしまっていた。本当は同時進行のものなのに。あっちは仕事の本の世界、今は現実的な子供の世界、なんて頭が分けていたのだと思う。でも私は20年以上、目に見えないことを現実の日常生活で実験して、それを本に書いてきたんだよね。そこから離れる、なんてできなかったんだ。離れようとしていたから、ここしばらく憂鬱だったんだとわかる。

また忘れそうになったら、この黄色い鳥のことを思い出そう。

よし！　なんか、いい感じ!!

弟のところに、女の子が誕生した。送られてきた写真は……プリンス？　というほど、似ている。

4月23日（金）

幼稚園の帰り、プリスクールで一緒だった親子と近くの公園で遊ぶ。

すぐに裸足になって川に入っていくプリンス。

「おしりまで……（濡らさないでね）」と言おうと思ったときには、もう川の中に座っていた。

小学生の男の子が池のほうでおたまじゃくしを獲ってくれた。

その池にもどんどん入り、ツルッと滑って頭から水をかぶってる。

お友達とおたまじゃくしを分けてビニール袋に入れ、着替えて、解散。

それを大事に持って帰って、今ガラスの器に入れたところ。よほど嬉しかったらしく、マンションで会ういろんな人に「おじゃまたくしだよ」と言って歩いていた。

4月24日（土）

子供って、なんであんなに大きな大の字で寝られるのかな……。

今日の「Ｚｏｏｍでホホトモサロン」で印象に残ったのは、「帆帆子さんは何も手に付かないほど落ち込んだ出来事や事件はありますか？」というのと「嫉妬についての捉え方」「自分が本当に望んでいることを手に入れるための意志力」「仕事をするときの人の選び方」「結婚したい、パートナーと出会いたい、そのために」という話など。

どれもとてもいい話だったので、ファンクラブ内のメルマガにシェアしよう。

それから、「ホホトモ」さん同士のＬＩＮＥで繰り広げられた会話について教えてくれた人がいた。あるホホトモさんが、そのグループＬＩＮＥに自分の状況と悩みを書き、それに対して別のホホトモさんが回答した内容が実に素晴らしかった。愛に溢れている。でも現実を見据えたしっかりしたアドバイス。読んでいて、私まで何かキラリと希望を感じた。

私がファンクラブ（コミュニティ）を作った意味はこういうところにある。何かを安全に相談できて、そこに100%前向きな捉え方の答えを返してくれる安心な仲間がいること。そこからいつ抜けてもよく、変な比較もアピールもない、気楽な関係。緩いようで強く、でも依存や縛りがない関係。

こういう報告をちらほら聞くと、ファンクラブを作って本当に良かったと思うし、同時に、もう終了してもいいかな、と思う。目的はもう充分に達成された……。

4月25日（日）

テラスで育てていたラディッシュが実をつけたので、とってサラダに入れる。

プリンスにはマヨネーズで出したけど、「うーん……」と渋い顔。

プリンスの誕生日会を今年も自宅ですることになりそうなので、部屋の雰囲気を変えようと壁紙を注文した。4メートル弱のナガスクジラの壁紙。

暖かく爽やかでお出かけ日和の今日。午前中、近くを散歩して、お昼を買い、ベランダで乾杯するというういつものパターン。クッションやシートを敷き詰めて、まったり。あまりの日差しに、プリンスに帽子をかぶせる。

私が本を読んでいたら、ボクも何か読むと言い出した。返事をしないでいたら、自分が飲んでいた牛乳パックの後ろの表記を読みながら、「むかーし昔、あるところに牛乳さんがいました。牛乳さんは川に洗濯に……」とかつぶやいているので笑った。

そう言えば、おたまじゃくしに何もエサをあげていないけど、大丈夫かな。鰹節をほんの少しあげてみる。

夕食後、今晩が締め切りの連載を一生懸命書いていた。プリンスに何度か言われた「ねぇ、ママ」に曖昧な返事をし続けていたら、ガッとそばにやって来て「そんなに大事なお仕事なの？」と言われる。

お、ここは大事なところ、と思い、「大事だけど、○○の方がもっと大事だよ」と言って中断する。

4月26日（月）

幼稚園に送り、すぐに戻って仕事。迎えに行って、別の場所に送り、また急いで戻って仕事。お迎えは母にお願いしてある。今日はゆっくりとじっくりと集中すべき日。

夜、今日もほんのちょっとのシャンパンを飲みながら、思う。

少しアルコールが入ると、おおらかに前向きな気持ちになるよねーーー。

何十回目かの「僕らは奇跡でできている」を見ていて、最終回の重要なシーン、主人公が飼っているカメと一緒にとても大事なことに気づくシーンのところで、

「このカメは、昔の自分だったんだね」

とプリンスが言った。

むかしの自分…

しみじみ…

そう!!!
よくわかるね

4月28日（水）

ある目的に対して姑息に動く人というのは、結果的にはやっぱりダメになるな、と思う。同じ目的に対して純粋にストレートに進む人は、最終的には目的を達成する。

4月30日（金）

おっと、あっという間にゴールデンウィーク。

庭園が綺麗なレストランで3人で朝食。

帰りに公園に寄る。ここは近くにインターナショナルスクールがあるせいか、日本人の親子は私たちだけ。日傘なんて差しているのも私だけ。通りかかったアフリカ系のお母さんに、「あなたの傘、素敵ねーー」と言われる。こういう声のかけ方って本当に外国人。

今日は暑い。去年、コロナのときにずーっとお化粧をしていなかったらシミが出てきたので、今日はしっかりと日焼け止めをつけている。私程度のお化粧でも、しているだけで日焼け止めの効果があったんだね。

今年の初めに立てた仕事上の「今年の目標」、すでに半分を達成した。まだ半年経っていないので、とても嬉しい。

5月2日（日）

昨日の夜、軽井沢に着いた。まだ肌寒いので、暖炉に火をつける。

連休中は一切、仕事をしないと決めた。と言うより、「気が乗らないことを頑張ってしないと決めた」ということ。仕事は好きなことなので、どうしてもやってしまう……。

そう決めた後のこの清々しさ！　何も案ずることがない。

朝食の後、近くへ散歩に。

5月っていいよねぇ！！！　マスクを外して緑の香りを吸い込む。「今日はいい日だねぇ」とまた言っているプリンス。そしてその後のお決まりのセリフ、「この世界はどこまで続いているんだろうねぇ」だ。


お昼は炊き込みご飯にする。

「お千代を見ない？」とプリンス。「お千代」とは、NHK大河ドラマ「青天を衝け」の渋沢栄一の奥さんの名前。今プリンスが好きなテレビはこれと、「僕らは奇跡でできている」と「宇宙兄弟」。

食後、「〇〇で柏餅を買ってこようかな」と夫が言っているそのときに、ミーちゃんから今月の赤福の朔日餅が届いた、かしわ餅！


寝室でウトウトしながら、3月にした大きな決断のことを思い返す。

そして「やっぱり間違っていなかった」ともう一度思う。頭で考えずに心でした選択。

プリンスが10分おきに「そろそろ起きたらいいんじゃない？」とやって来る。

「ママも今好きなことをしているから、〇〇も好きなことをしてきたら？」

と言ったら、

「ボクの好きなことはママの近くにいること」

なんて、布団に入ってくる。あぁん、もう……かわいいじゃないか！

でもどうしても目が開かない。数秒で閉じちゃう。プリンスもあきらめて別の部屋に行った。

5月4日（火）

早朝、まずお風呂。好きなことをすると、10分くらいで満たされる。

自分が自分ではなくなる（自分のことが好きではない）のは、私の場合どんなときだろうと考えてみる……それは「自分のことをアピールしなくてはいけない」ときだ。私はこれが本当に苦手。途端に言葉が滑らかではなくなる。相手がこちらの話を全面的に聞く態勢であれば滑らかだけど、そうではないと、途端に。

そもそも、自分にとって「違うと感じる場」で自分のことをアピールする必要はまったくないのだけど、そうせざるを得ない状況になったり、どうしても自分の意見を言わなくてはいけなくなったりすることってある。すると、それをよりわかるように説明しなくてはならなくなって、口数少なくいることが難しくなり……必要以上に喋りすぎて後で自己嫌悪に陥ることが、たまにある。

さて今日は、連休らしく、家族でボートに乗ったり、動物に餌をあげたり、アスレチックで遊んだりする。のどかな草っぱら。

5月5日（水）

子供って、一体どこで「男の子っぽいセリフ」とか「女の子っぽい態度」とかを身につけてくるんだろう。

最近、「ボクがママのことを守るからね」とよく言うプリンス。

「それ、どこで覚えたの？　テレビが言ってた？」と聞いたらキョトンとしている。

今日は「ボクがママを守るからね」の後、「パパも守る」と夫が言ったら、「じゃあ、パパがいるときはパパが守って、いないときはボクが守る」とか言っていた。さらに「でも、パパもボクもいるときはどうしようか、日曜日とか……あぁ、交代にする？」とか。

5月11日（火）

連休も終わり、また日常に戻った。今週は忙しかった。

今日も忙しい……昨日の夜、寝る前にプリンスが、「男の子の大事なところ」が痛いと言い出して、見ると赤く腫れているので今日の午前中に病院を受診。幼稚園は休む。

なんでもなくて、良かった。

急いで自宅に戻り、仕事の雑用を2つ済ませてから、午後、最近近くに引っ越してきた友達の家に集まることになっていたのでプレゼントを買いに行く。前から考えていたお店に行ったら、家に財布を忘れてきたことに気づいてタクシーで戻り、また同じタクシーでお店に行って買い物をする。薬局でプリンスの薬を受け取って友人の家へ。

友人の家は、私が前からすごく好きなマンションで、昔、知り合いが何人か住んでいたところ。プールもあるし庭も広いので、久しぶりに入るのを楽しみにしていた。果たしてやっぱり思った通り、とってもいい物件だった。借景も緑に覆われているし、すべての部屋が絨毯敷きで、最高。……そうか、でも分譲がないのか、など考える。

リビングに、個性的な椅子がたくさん置かれていた。それから大ぶりな植木や植物がたくさんあるところもいい。余っている綺麗な部屋の中央に、ポツンと神棚が置かれていた。ちゃんと台の上にのせられて。

「ああ、その部屋は神社よ」と言っている。

奥にある彼女のアトリエからは、宇宙人のかぶり物とか、しゃべるお猿さんとか、いろいろ出てくる。プリンスは、不思議な音のする魔法のステッキをもらっていた。

イチゴのタルトでプリンスの誕生日もお祝いしてもらった。

5月12日（水）

人に何か言われたことの裏を読んで思い悩んだりするほど無意味なことはないな、と思う。だってそれ、永遠に確かめられないんだから。

5月13日（木）

壁紙が届いたので、リビングのヨットの後ろを張り替える。大きなナガスクジラ。また、私の現場力発揮。ひとりでよくやるなあと思いつつ、3メートル×4メートルほどの板に壁紙を貼り付け、絵のようにかけた。

プリンスが戻ってくる前に終わらせたいので、後半は音楽もつけずに集中する。

さて、1日中雨の予報だけど、今日はこの間友達に聞いた「自宅より西の神社」に行く予定。

運気がアップするらしい。こういう動き、久しぶり。

レインコート、長靴、傘を持って幼稚園へお迎えに。「これからお参りに行くわよ」と言ったら興奮している。プリンスは基本的にどこに行くと言っても楽しみのようだ。

近くに車を停めて、急な階段を上って境内へ。

この神社は、祖父がある時期「氏子代表」をしていた神社なので、小さい頃はよくお祭りに来たけど、上ってみたら……こんなに小さかったのか、とびっくり。あんなにたくさん縁日の屋台が並んでいたのにね。

お参りをして、鯉のぼりを眺めて、「他にも何かしたい」と言うのでお守りを見に行く。

カエルのお守りがあった。「これは何のお守りですか？」と聞くと、「裏におたまじゃくしが描いてありまして、カエルになる成長と更なる飛躍のお守りです」と言われる。

「ぴったりのがあったねぇ！」と嬉しく、それを買う。

プ「ボクにぴったり？」

私「ママにも……飛躍したいの」

プリンスは絵馬を指して「あれは何？」とか、お稲荷さんのお社を見て「あそこにもお参りは？」など色々と興味がある様子。考えてみると、プリンスが物心つくようになってすぐにコロナとなったので、お参りの印象が薄いのかも。初詣も三密を避けて小さいところだったし。

3時間後、「おおおお！」とリビングのクジラを見て、プリンス。

「おおおお！」と全く同じリアクションの夫。

5月14日（金）

この間の友達と、また公園へ。
着替え一式、お菓子の袋、サンダル、私の日傘も忘れずに。
ママ友と楽しくおしゃべり。

明日がお休みなので、今日の夜はゆっくりしたい。ナスとアスパラとシソの天ぷら、プリンスにはジャコとコーンの天ぷらとエビフライを作る。お刺身に、私の好きなホタルイカ、生ハムとミネストローネ、生春巻きなど、雑多にいろいろと。

夜、プリンスが寝て、お酒をいただきながら、ゆっくりと。
最近、夫がハマり始めた「サバイバー」というネットフリックスのドラマを一緒にちょっと見たけど、「24（トゥエンティフォー）」の主人公が大統領の役で出演していた。彼が出てくるとジャック・バウアーにしか見えない。

久しぶりに、本当に久しぶりに夜時間の仕事のやる気がやって来た。
昨年は全くなかったこの感じ。エネルギーの高まり。

5月15日（土）

実家のお墓参りをしてから湘南へ。

砂浜に、誰かが作った巨大な砂の城下町があった。波で崩れそうなところをプリンスと夫が補修。途中から来た小学生たちが、これを全部プリンスと夫が作ったのかと思って感心している。

プリンスも小学生もみんなランニングシャツで、昭和な絵。

プリンスは小学生たちと遊ぶのに飽きると、近くでシャボン玉を飛ばしていた女子大生たちに近づく。ねらって飛ばす女の子たち、それを叩き割るプリンス……延々と30分近くも。

5月16日（日）

プリンスの誕生日をお祝いする。

今年は「楽にいこうよ」と夫が言ったので、サラダだけ作り、あとは馴染みのお店のオーダーにした。フルーツサンドやちらし寿司、海鮮類など。

ケーキは、中からM&Mのチョコレートがこぼれてくるイチゴのケーキの上に、ダイジョーブタのクッキーをのせたもの。また去年のようにバルーンを届けてもらい、また3人で。

でも、「また家での誕生日でかわいそう」なんて思うのは大人の感覚で、子供は充分に嬉しいと思う。「〜で嫌だな」が増えていくのは、親次第。

5月17日（月）

最近のおもちゃの説明書は、スマホのアプリで読み込むものが多い。私が途中でわからなくなっていたら、「こうだよ」とプリンスが画面をスワイプした、サッと。

夕方、くっきりとした虹。
プリンスの部屋からは、虹の始まりが見えそうなほど近かった。

5月21日（金）

「この壁紙、頑張ったよね―――」と、今朝、改めてみんなに言う。ヨットとクジラ。「あらよっと」と言って席を立った夫を見て、私ももっと気楽にやろう、とか思う。

5月22日（土）

同じ状況に対して、人の反応というのは本当に様々だ。ものすごく心配する人、すぐに不満が出る人、状況を淡々と受け止める人など、いろいろ。

夜は夫とコバケンさんのコンサートへ。コンサートも戻ってきたか。

プリンスはバーバとお留守番。

5月23日（日）

ファンクラブ「ホホトモ」を、そろそろ終了させようかと思う。私がファンクラブに求めていたこと、この形でできることは全てできたので。

私は新しいことを始めたり、これまでのものを新しい形にしたりするとき（そしてそこに少し迷いがあるとき）は、新しい状態になったつもりでしばらく気持ちのシミュレーションをしてみる。モヤモヤしないか、気になるところはないか。同時に、元の状態のまま続ける場合のシミュレーションもする。どちらの方が、気持ちがモヤモヤするかを観察。
今回は、今のままの形を続けるという選択肢はないのだけど、具体的にいつまでにするか、とか、残りの期間の内容など、気持ちがモヤモヤしなくなるまで検討中。

今日は東京タワーに上りに行く。これなら人も少ないし、外だし。運動がてら、楽しく上った。一番上の展望フロアーへも上がった。
それから芝公園を散歩。昔、ファンクラブの東京ツアーで寄った「芝東照宮」にもお参りした。

5月26日（水）
一日仕事。今週はやることがたくさんある。幻冬舎から出る新刊のゲラチェック、ファンクラブのこと、YouTube、私の苦手な事務作業、HPもリニューアルするし、家族の用事もいくつかある。ひとつひとつやろう……。

5月27日（木）
朝から重い雨。今日は出かける用事がなくて嬉しい。

5月28日（金）

曇りだけどまだハワイのような気候が楽しめる。梅雨はまだのようだ。

昨日からオンラインでの呼吸法が始まって、今晩は2日目。

昨日は、これまでの呼吸法の中で一番深くリラックスした気がする。とても深く、長く、ゆらゆらとたゆたう？　感じ。目を開けたときの至福感もマックス。

前は、呼吸法を受けた後は、帰ってすぐにいろんなことをしたくなったけど、今は良い意味で何もしたくない、ただここにいるだけで幸せな感じ。

「毎回、新しい体験がある」とキールさんがよく言っているけど、こういう意味か……。

5月30日（日）

10日ほど前、友人の家で見た植木がとても良かったので、同じお店に行って植木を買った。二子玉のTSUTAYA家電のお店。広いフロアー全体にあるカフェや書店、インテリアのお店に配置されている植木が、どれでも購入可能という。やるなぁ、TSUTAYA。

いろいろ見て、アルフレックスのショールームにあった大きなパキラにしたのだけど、それが今日、届いた。

太陽が当たりやすい、テラスの近くに置く。

そう言えば、この間、その友達にもらった不思議な音のするステッキ。プリンスは、誕生日の発表に持っていく「僕の宝もの」に、これを持って行った。

「幸せになる棒です、と言って、クラスの子たちに、ひとりひとり魔法をかけていました」と先生が教えてくださった。

6月2日（水）

何事も焦りは禁物。忙しくて焦りそうなときは、「木を見て森を見ず」という言葉を思い出すことにしている。

私の勝手な解釈は「目の前の木が枯れかかっているのを見て、森全体がダメになる、と早合点するな！」というもの（笑）。

全体がダメになっていると思わなくていい、という安心感があると、目の前の木にきちんと向き合う気持ちになる。

6月6日（日）

この時期の早朝の気持ちよさ。

風は涼しく、鳥のさえずりは天国のよう。何度も深呼吸。

さて、YouTubeだけど、始めた日から一度も欠かさず2日に1回のペースで更新している。でもまだ今後の方向性がつかめていない、手探り中。

そう言えば、プリンスのこの年齢は、そろそろ補助なしの自転車に乗せる必要があるんじゃないかな、と思い、自転車（補助つき）をネットで見て注文したものが、届いた。

何これ……組み立て式なの？　しかも説明書もついていない。これは間違えたか……。

慌てて同じ商品の他の販売サイトを見てみると、「説明書がわかりやすくてすぐできた」とか書いてあるけど、これには説明書がついていない。わかりやすい組み立ての動画も見つけた。それはサドルをはめ込むだけの簡単なもの（それならできる）。だけど、届いたこれはタイヤも外れているので初めから違うんじゃないかな……。ブレーキの段階から組み立てるなんて無理、と言うか危険過ぎる。

すぐに返品手続きをする。

よし！　とばかりに、近くの自転車屋さんにいくつか電話した。一軒目は、プリンスの欲しがっている色がなく、他の2軒はサイズがなかった。

こういうときはトイザらス？　と電話したら、ものすごくたくさんある様子。今、夕方の5時なので、みんなでぱぱっと行ってみることにした。

トイザらスに来たのは2回目。

キョロキョロしながら一番奥の自転車コーナーに進んで、HUMMERから出ている黄色いのに決めた。すごくかっこいい。

へぇ、こんなのがあるのね……。あとヘルメットも。プリンスが選んだ赤いのにしたけど……なにこれ、「フェラーリモデル」とか書いてある。ほんとに全く最近の子供用品は……とか思いつつ、他のはサイズがないのでそれにした。

グッタリ疲れたので、夕食は外にしようと言っていたけど、テイクアウトにして自宅でくつろいだ。

6月7日（月）

今日も暑くなりそうな梅雨前の日。

早朝、プリンスが部屋の中で自転車に乗っていた。こういうものを買ってもらったときってすごく嬉しいだろうから、「幼稚園の前にちょっと外に乗りに行く？」とか言っていた……この口が。

グッタリ疲れて帰宅。でもプリンスは嬉しそうだった。工事現場のおじさんと、近くのコンビニのおばさんに「見て、自転車」とか話しかけていた。

今、迷っていることがある。ファンクラブとは別に、形を変えたいと思っていることがあるのだけど、その方法がわからない。AかBか、どっちがいいか……。

6月9日（水）

私って、人のことを実情より良く見てしまう癖がある。それを家族から指摘されることがよくあるので、最近はもう自覚している。今日もそうだった。なんでだろう。

6月10日（木）

あ、6月と7月は、私、天中殺だった。

私は、天中殺などはほとんど気にしていないのだけど、何か大きなこと、例えば新しい分野での仕事の契約とか、プライベートで言えば引っ越しとか結婚とか、それくらい大きなことは、敢えてこの時期にするのはやめていた。

で、今回、「天中殺の時期に新しいことを始めちゃった」と思ったことがあるんだけど、考えてみたら全く新しいことではないので問題ない、と思うことにした。関係ある、と思った時点で影響を受け始めると思う。

プリンスの髪の毛をカット。銀座まで行っていられないので、うちから一番近くのところ。

私の弟の七五三の写真を見せて「こういう感じに」とお願いしたら、しばらく経ってから、「え？　これ、弟さんなんですか？　このボクじゃなくて？」とプリンスを見て言っていた。

かわいくなった。そう、ほんとに似てるの、私の弟に……。

「ヒビトみたいだねー」と本人も気に入っている。「ヒビト」とは、プリンスが好きな「宇宙兄弟」の弟の方。

履きなれないサンダルで、足が痛い中、頑張って買い物をして、自転車のプリンスを押す。買い物袋を籠に入れたまま、がっしゃんと3回ほど倒れてた。

6月11日（金）

ちょっと前から考えていたのだけど、少しアメブロから離れることにした。頻繁に更新するのが疲れてきた、というのもあるし、今は日々のことを長文で書きたくない気分なので。長文で書きたい気持ちは、この日記で満たされているし。またその気分になったら戻ろう。

その辺りをさらっと説明して、最後の更新をしたらスッキリ！

今って、東京は一応緊急事態宣言下なんだよね……街の様子は普段とほとんど何も変わっていないけど……かなりの人出だし。さっきも、夫が帰りに車で繁華街を通ったら、飲み屋さんに人が行列していたって。

そしてオリンピックはどうなるのだろう……。

改めて、こんな状態でオリンピックを迎えることになるとは誰が想像しただろう、だ。実は今回のオリンピックって、何年か前の誘致のときからなんとなく「砂上の楼閣」という感覚があった。なんて言うか、騒いでいるのが誘致に関わった人たちだけ、という感触だったな、なんてことをふと思い出す。

パキラの木。気づくと葉っぱが黄色くなってハラリと落ちる、ということが続いている。水はあげすぎないように気をつけているのに。

クーラーの風が当たりすぎるとそうなる、とネットにあり、どうしても当たる場合は霧吹きで水をかけると良いとあったので、オフィスにある霧吹きを持って帰った。

6月12日（土）

そろそろいいでしょう、ということで、アメリカンクラブのプールへ。

まだ一度も着ていない、あの新しい水着を着る。これ、紺色で、肩紐の波々の感じがすごく気に入っているんだけど、サイズが小さかった。それなのにどうして返品しなかったのか……確か、来年までに痩せればいいか、とか思ったような気がする……。

プールはほぼ貸し切り。

外の子供エリアでパシャパシャするだけでプリンスは満足。地面から噴水のように水が出てくるところで写真を撮ったら、プリンスの「しょんべん小僧」みたいな写真が撮れた。

下のレストランで食事。パンケーキとワッフル。戻ってきたか、この生活が。

6月15日（火）

この間、ちょっと前から興味深かった女性と食事をした。

そしてものすごく感銘を受けた。彼女の「欲しいもの」に対しての素直な表現、自分で努力してきちんと進んできた人のブレないエネルギー。私はこういう「エネルギー値が高い人」が基本的に好き。刺激を受ける。私がこの数年、忘れかけていたもの。

おかげで、私が「もう、これはできないな」と無意識にあきらめようとしていた未来のこと、それへの思いが、「やってみようかな」と復活してきた。

夜、この気持ちの高まりを夫にアツク話す。

6月17日（木）

私の気楽な心の友たちと食事。
西麻布にある京料理のお店。味もサービスも京都の繊細さが炸裂。
また心から笑った。この3人の絶妙なバランス。
戻ってきたか？　この生活が。

6月18日（金）

もう金曜なのね。今週は1週間が早かった。
幻冬舎から出る新刊の表紙を描いた。

さっき、笑ったこと。
1週間ほど前に、どこかの市長選か県議会議員の選挙の様子がニュースで流れていて、画面に映っていた候補者3人のおじさんの写真に対して、夫が「ブーフーウーだな」とつぶやいたことがあった。「ブーフーウー」は、昔サンリオにあったブタのキャラクターの名前。３人共似ているし、どれも全く魅力的じゃない……とか私も思っていたところだったので、夫のつぶやきに納得。

「どういうこと?」とプリンスが聞いてきたので、「みんなの顔が似ているから、ブー、フー、ウーっていう兄弟みたいな名前をつけたの、パパが」と話した。

で、そのときの会話を覚えていたらしく、今日も地方の別の選挙候補者の写真が出てきたときにプリンスが言った。

「あ、あれ、ブーとかウーとかじゃない?」

6月19日（土）

朝からしっかりとした雨が降っている。時折、ザッと風が吹いたりして。

お昼は、朝食が遅かったのでみんなお腹が空かず、メロンとスイカとさくらんぼを食べる。ちょっと「○○」まで行ってこようかな、と夫が近くのカフェへ行くと言い出し、「ボクもボクも!」と興奮したプリンスを着替えさせながら、おでこが熱いので熱を測ったら、37度8分もあった。

カフェは中止。すぐにパジャマに着替えさせて、再び室内でゆっくり過ごす。

夜、プリンスの熱が上がる。7時頃に38度5分。その後も上がってきている気がするので、早々にベッドへ。明日はゴルフで早いそうだし、うつると困るので、夫は別の部屋で寝てもらうことにする。

着替え一式とタオル、脱水にならないようにお茶とアイスノンを枕元に準備。「寒い？」と聞いたら「暑いのと寒いのが混ざってる」と言っている。「頭が熱くて、下は寒い」。

体をタオルケットと羽毛布団で包んで、首筋にアイスノンを当てる。熱でフーフー言いながらも、私が読む絵本をジーッと聞いて、「これを読んだら寝るからね」とか言っている。

2時間ほどして汗をかいていたので着替えさせる。まだかなり熱い。

その3時間ほど後、咳き込んで眠れず、不機嫌そうに起きる。咳が咳にならずにゴウゴウと音を立ててむせている。苦しそう。熱は変わらず。一瞬、解熱剤を飲ませようかと思ったけど、咳以外、本人は元気で変わりないのでこのままでいいと思う。熱は出した方がいいと思うしね。一応、熱痙攣が起きたときの対処法というのをネットで調べておく。

またその3時間後くらいに、もう一度着替えさせる。熱は少し良くなったような気がする。

6月20日（日）

7時頃、熱は37度になっていた。私は眠い。「起きようよ」と言うので起きて、しばらくリビングのソファでゆっくりする。夫はすでにゴルフへ行った。

9時過ぎに、予約しておいたクリニックへ。もう熱も下がったし大丈夫なんだけど、一応ね。それと、新しい解熱剤をもらっておこうかと。

初めての男の先生だった。とてもハキハキと気持ちが良い。解熱剤についても「そうです。38・5度以上でも元気であれば使わなくて正解です」と言われる。薬をもらって帰る。

バーバと交代して、午後はZoomでホホトモサロン。

今日はアメリカ在住の方が参加してくださった。

48歳のときに医学部を受けて、今アメリカで医師をされているという女性。その人の話で、「『自分を責める自責の念』というのは意味がないから、あるとき、もう自分を非難するのはやめようと決めたんです」という話がとても良かった。「決めたんです」というところ。

決めるって大事ね。例えば感謝をするにしても、「何があっても感謝をする、と決める」とか「何があっても自分の心地よさは影響を受けない、と決める」とか。

今、夜中の1時。

プリンスは微熱のまま落ち着いて寝ている。

夜中にいろいろ考え始めると、「あれしなくちゃ、あっちもしなくちゃ」とやらなくてはいけないことを考えやすいけど、「そうだ、そんな風に考えなくていいんだった」と思い出した。気楽に、気楽に、と言い聞かせる。

6月21日（月）

朝、熱は下がる。でもまだ咳き込むと止まらなくなるので幼稚園を休ませる。

夕方、「熱が上がってる」と母から連絡があったので急いで戻る。

「上がってるんだよね〜」と本人は元気いっぱい。

食欲はなさそうなので、夕食は、メロンとスイカとヨーグルトとバナナ。

氷で胸のあたりを冷やすと気持ち良さそう。

6月22日（火）

昨日の夜は、土曜日ほどではなかったけど、38度近くはあったんじゃないかな……。今朝は37度。でも咳の感じは良くなっている。咳も鼻水も峠を越えたという感じ。あと一息。

そう言えば、パキラの木。葉っぱが落ちることがなくなった。「新しいところだから慣れるのに時間がかかっているだけで、慣れれば落ち着くと思うわよ」とママさんが言っていた通り。木が慣れる、か……。

新刊について、幻冬舎の編集者さんから、一度決まりかけていた新刊のタイトルに「～と、こんなふうに思うのですが、いかがでしょうか」というメールが来た。はじめに2人で「ちょっと（嫌な意味で）気になるね」と思ったまま進めたことが、「やっぱり気になってきちゃいました」というメール。

確かにね……。そもそも、このタイトル自体にワクワクしていない感じだったので、再考しよう。先週末に仕上げた表紙の絵、なんとなく、まだ送らなくていいような気がしてオフィスにあったので良かった。

今日は、長年の友人が、東京にあるお寺の住職、しかもそのお寺のトップになったというビックリな話を聞いたので、そのお寺に遊びに行ってきた。

その経緯を聞いて、驚く。確実に「何かに動かされている」という感じの流れ。でもどこにも違和感がなかった。この人がお寺の住職って、ほんとに納得。これまでの全ては、ここにたどり着くためにあったかぁ、チャンチャン、という感じだ。

奥様がまたとてもユニークな方で、「私も出家しようかと思っていて、全部剃ろうかなって（笑）」と頭をさわって爆笑していらした。

なんか、相変わらず不思議な世界。そして笑える。笑いは大事だよね。昔、このファミリーとすごく蜜だった頃を思い出しながら、ママさんに報告の電話をする。

6月23日（水）

熱は下がったけど、今日まで休ませる。

この間、あのものすごく高いエネルギーの彼女とランチをしてから、未来の目標ができた。近い未来と遠い未来と両方。そう……知らない間にすっかり諦めていたこと。

このまま終わってはなるまい、という気持ちになった。久しぶりにこういうことが出てきたことへの嬉しさ。言葉で明確に、宇宙に宣言！

6月24日（木）

咳もおさまって、プリンスは今日から幼稚園へ。

行きの車の中で「みんなに風邪で寝ていた間のこと、お話ししたら？」と言ったら、「いいんだけど……みんな、話をちゃんと聞いていないんだよねぇ」とか言っていた。

フフフ。


さて私は久しぶりにひとりの時間に集中する。

今後の方針、やり方、進め方が見えてきた。


午後は10月にある対談講演の顔合わせをする。

YouTubeで20万人近くのフォロワーがいるHonamiちゃんだ。

何について話すか相談しているときに、「自分が本当に望んでいることを知る方法」という話の途中に出てきた「それは山の頂上にある宝箱に入っているようなもの」という表現が良かった。自分にもぼんやりしている宝箱の中身、でもそれは思っているよりずっと素晴らしいもので、今の自分が言葉で説明できるようなものではない。言葉で説明した時点で限界が生まれてしまうというか、今思うよりもっといい状態のものが未来に待っている……ということだけは今でもわかっている、という感じ。

そうそう、そうなんだよね。だから自分が本当に望んでいることというのは、そもそも他人に話すことはできないし、しっかりと言葉で話す必要もない。ただ、「想像以上に素晴らしいものが待っている」という感覚を自分の中でわかっていればいい。

最後に、数日前に思いついたので、「今回の対談を本にしない？」という提案をしたら、Honamiちゃんがびっくりした顔で、「え？　そういう話が来たんですか？」と聞いてきた。ちょうどその日の朝、ＫＡＤＯＫＡＷＡの編集者さんから同じ依頼があったという。

「そのアイディア、いつ降ってきたんですか？　急に？　パッと？」なんて、主催者のＭちゃんも興奮気味。

こういうことが起こるときはＧｏサインだ。思えばこんなシンクロが起こるのも、この１年なかった……。だんだん戻ってきた、と思う。

6月25日（金）

午前中、オフィスで仕事をしていたら、今週初めに連絡のあった友達からＬＩＮＥが来た。「プリンスの風邪が治ったらね」と返事をした友達。

「今日会わない？」とあって、私もなんだか早く会った方がいいような気がしたので、予定を調整してすぐに会いに出かける。

そして、私が最近迷っていたことの答えが出た。6月7日に書いた、「迷っていること」の答え。

AかBしかないだろうと思っていたところへ、全く新しい第3の解決策Cが提案された。その形にすれば、他にも私がやりたいと思っていたこと（でも色々な事情でできていなかったこと）が全部できる。全て網羅されている完璧な提案。

夕食をテイクアウトして帰る。今日は夫が外食なので、私とプリンスと、プリンスの面倒を見てくれているママさんの分。

それを食べながら、さっきの話をママさんに興奮して報告する。

「ボクも話に入れてよ」とプリンスに言われて、ハッと我に返る。

6月26日（土）

昨日、様々なことが解決した流れをじっくりと考える。

何度思い返しても、これ以上の方法はないという解決策が来た。

自分が考えていることには必ず答えが来る。だから、自分の中でこのしっくり感が来るまで諦めないこと、自分の気持ちに妥協しないこと。必ず来る、という自分の流れを信じること。この感覚を忘れないようにしよう。

なんか、最近、とても流れがいい。

いろんなことが嚙み合って、押し上げられていく感じ。

これに比べると、去年はずっと闇の中だった。

コロナが原因のようで、実はそうではない。子育てを理由に、自分のやりたいこと、未来の目標、好きな世界から離れてしまったことが一番の原因。「離れてしまった」なんて他人や環境のせいみたいに書いたけど、全部自分の責任。誰にも強制されず、自分でそこから離れたんだ。「子育てに集中する＝仕事を控える」ということだと勘違いしていた。

自分を整えないと、子供にも家族にも全てに影響を与える。

自分が満タンだからこそ、循環していく。

久しぶりに出てきた未来へのワクワク感。楽しみ。

やるぞ〜!!

あとがき

振り返ると、「よくもまぁこんなに長い間、室内にこもることができたなぁ」と思います。思っている以上にしっかりと、大人しく、自宅におりました……。

そしてこれも今振り返ると、あんなに長く「なにもない時間」を過ごすことはもう一生ないかも……もっと色々できたかも……なんて思います。かなり忙しくなった「今」からすると、「あの時期にあれもやっておけばよかった、これもできたな……」と(笑)。ですが、これでいいのだと思います。あのとき、ただぼんやりと時間を過ごすことができたおかげで深まった考えがあり、またあれほどべったりと「ママと一緒に過ごす時間」があった息子にもプラスでした。

コロナを通しての経験を糧に、新しい世界に進みたいと思います。

次回作にやってくる「ものすごいステージアップ!」の世界にもお付き合いください。

それではまた!

浅見帆帆子

この作品は書き下ろしです。
ＪＡＳＲＡＣ 出 ２２０３４０７－２０１

読者のみなさまへ

本書のカバーイラストを待ち受け画面にできます。上記からダウンロードして下さい。

まず、自分を整える

毎日、ふと思う　帆帆子の日記21

浅見帆帆子

令和4年7月10日　初版発行

発行人――石原正康
編集人――高部真人
発行所――株式会社幻冬舎
〒151-0051東京都渋谷区千駄ヶ谷4-9-7
電話　03(5411)6222(営業)
　　　03(5411)6211(編集)
公式HP　https://www.gentosha.co.jp/
印刷・製本―図書印刷株式会社
装丁者――高橋雅之

幻冬舎文庫

ISBN978-4-344-43204-8　C0195　あ-26-7

この本に関するご意見・ご感想は、下記アンケートフォームからお寄せください。
https://www.gentosha.co.jp/e/